Firmin de Croze

Le

Drapeau

Tricolore

LIMOGES

MARC BARBOU & Cie

ÉDITEURS

LE DRAPEAU TRICOLORE

Format grand in-8° 3e série

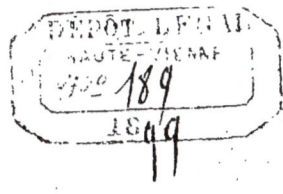

Le drapeau.

FIRMIN DE CROZE

Le

Drapeau Tricolore

LIMOGES

MARC BARBOU & Cie, ÉDITEURS

RUE PUY-VIEILLE-MONNAIE

AVANT-PROPOS

Ce n'est pas une préface, mais un salut que j'adresse à des lecteurs pour lesquels, déjà, je ne suis plus un inconnu.

J'ai senti vibrer l'âme de ceux qui ont le cœur chaud; pourquoi ne pas recueillir ces vibrations et ne pas leur faire produire la voix éclatante d'un hymne patriotique?

Or, c'est un hymne que je voudrais chanter, un hymne à la France de nos jours, et je n'ai pas cru que rien pût mieux que son drapeau la présenter à mes yeux.

Qu'il flotte bien haut et bien fier, ce drapeau glorieux dont les couleurs nous sont si chères, et puissé-je le faire aimer avec plus d'ardeur encore! Il ne sera pas pour moi le signe de rallie-ment d'un parti, mais l'emblème de la patrie; ces quelques

pages n'iront pas chercher les causes et la justification des événements : je laisse cela aux grands travailleurs de notre histoire française.

Moi, je ne veux que glaner, cueillir avec vous quelques
fleurs empourprées dans un champ où les fleurs ne manquent
pas. Que leurs couleurs soient plus vives, teintes d'un sang gé-
néreux versé pour le pays, que leur parfum soit plus pénétrant,
je le désire, et si vous êtes heureux de les trouver ainsi dans
ces pages, chers lecteurs, tant mieux !

FIRMIN DE CROZE.

CHAPITRE Ier

Les trois couleurs.

Paris ne respirait plus, mais haletait : on était en juillet 1789. De graves événements venaient de se produire et étaient de nature à pouvoir être appréciés diversement : la Bastille était prise. Cette vieille forteresse féodale, dont les hautes tours de cent quarante pieds coupaient l'horizon et se dressaient dans la nuit comme une sentinelle sombre, cette forteresse n'existait plus : le peuple de Paris rêvait et ses rêves étaient étranges : l'exaltation les pouvait rendre dangereux.

Avez-vous vu la foule un jour de grande joie patriotique ? Le sentiment qui l'anime, qui s'échauffe et se propage, à la manière d'un fluide électrique, est difficile à analyser : le fond en est certainement le bonheur ; mais ce bonheur n'est pas comme tous les autres : il se compose surtout d'espérance, il vise loin et haut, il a besoin de s'épancher; seul, il ne serait plus lui-même et il ne se croit vraiment sûr de lui que lorsqu'il s'appuie sur le bonheur de tous.

Ce qui est vrai de toutes les foules l'est encore plus de celle de Paris. Là on s'enivre de mouvement et d'air, de rires et de cris; les hommes les plus graves deviennent enfants pour une heure; ceux que les soucis de la politique absorbaient font trêve à leurs préoccupations, pour se permettre un moment de franche gaieté; la ville se transforme et pour ce changement de décor, il n'a fallu que quelques instants.

Les Parisiens saluaient la liberté et leurs cocardes rouges et bleues paraissaient partout. Massés devant l'Hôtel-de-Ville, ils acclamaient leur nouveau maire Bailly et La Fayette, le chef de leur milice bourgeoise.

Ce dernier, qui, quelques années auparavant, avait mis son épée au service des colonies américaines en révolte contre l'Angleterre, était revenu toucher le sol français, dès qu'il n'avait plus trouvé en Amérique l'occasion de se battre. Il apparaissait en héros et son nom couvert de gloire était l'objet de toutes les sympathies.

Ce jour, il traversait les rangs de la foule : on s'écartait devant lui et on l'entourait. Il saluait de la main et de la voix : il se laissait insensiblement gagner par l'exaltation universelle et se demandait si une ère nouvelle ne brillait pas sur la France et si de soudaines transformations n'allaient pas bouleverser complètement l'ordre de choses existant.

Le roi était à Versailles. Là aussi siégeait l'assemblée. Lorsque, cinq ans auparavant, Louis XVI était monté sur le trône, il avait refusé le don de joyeux avènement, sous lequel se déguisait un impôt odieux au peuple, et il n'avait montré d'autre ambition que celle d'être appelé *Louis le Justicier*. Ce que l'on savait de sa bonté, de la droiture de son caractère, de la pureté de ses mœurs avait fait naître tant d'espérances que certains,

La Bastille.

rappelant les souvenirs historiques, étaient allés chercher, dans la liste des rois, Louis XII et Henri IV pour trouver des termes de comparaison avec le prince régnant et ils avaient écrit : *Douze et quatre font seize.*

Depuis lors, Louis ne s'était pas démenti ; il avait été l'ami de Turgot et l'avait pleuré. Pourquoi, au lieu de s'abandonner à des larmes stériles, ne s'était-il pas armé de tout son pouvoir et n'avait-il pas soutenu contre les intrigues le ministre qui pensait et voulait comme lui et qui, comme lui, aimait le peuple?

Certains événements, sans raison humaine qui puisse en donner l'intelligence, ne s'expliquent que providentiellement, et en certains jours surtout se réalise jusqu'à l'évidence le vieil adage : L'homme s'agite et Dieu le mène.

En apprenant la prise de la Bastille, le roi s'était écrié : C'est donc une révolte? — Dites une révolution, sire, lui répondit-on. Et Louis XVI effrayé se demanda en quoi il avait pu s'attirer la haine de son peuple. Victime des fautes passées et des doctrines subversives qui, depuis près de cent ans, sapaient en France la base de toute autorité, il n'avait pas encore la nette conscience de ce que le trône lui réservait d'angoisses et de malheurs, et il croyait que l'évolution nécessaire entre le siècle existant et celui qui lui succéderait se ferait sans violence par la sagesse du peuple et la bonne volonté des États-Généraux.

Du reste, il faut bien dire qu'à Paris, la foule, non plus que La Fayette et Bailly, ne formulait aucun grief contre le roi. On ne distinguait pas encore dans les rangs de la multitude ces hommes, monstres à face humaine, qui devaient s'enivrer de sang. Les manifestations publiques ne dissimulaient aucune rancune sérieuse. Ce pouvait ne pas être une révolution.

Or, soudain, parmi les manifestants, quelques mots furent prononcés et coururent à travers les rangs :

« Le roi à Paris, le roi! »

La Fayette.

La nouvelle n'avait en elle-même rien qui pût surprendre; mais vu les circonstances, l'entrée du roi en sa capitale pouvait donner lieu à de très graves conséquences. On se regarda, l'hésitation fut partout. Quelle attitude prendrait-on? La Bastille violée, l'élection d'un maire, la nomination d'un chef à la milice bourgeoise, ou garde nationale pouvaient n'être pas du goût du souverain.

Le bon sens eut enfin le dessus. Les Parisiens étaient armés; mais des monceaux de fleurs brillaient joyeusement aux étalages des marchands. Les boutiques furent pillées et les fusils et les canons furent ornés de fleurs. Alors la foule se précipita du côté où devait paraître le cortège royal.

Louis XVI avait compté sur l'amour de ses sujets. Aux cris répétés qui l'accueillirent, il répondit en souriant. Tous n'étaient-ils pas ses enfants? On le conduisit à l'Hôtel-de-Ville. C'était là qu'il devait reconnaître et sanctionner par son approbation ce qui s'était passé.

Le roi confirma la nomination de Bailly comme maire de la ville. On lui présenta La Fayette et celui-ci mit le genou en terre devant son souverain qui lui tendit la main pour le relever.

Des acclamations retentirent. L'enthousiasme grandit et en un instant fut porté à son comble. Louis XVI était ému et des larmes coulaient de ses yeux.

Pendant que se prolongeaient les applaudissements et les cris enthousiastes, La Fayette détacha sa cocarde rouge et bleue; il y introduisit une bande blanche, mêlant les couleurs de Paris à la couleur du roi, et il éleva aux yeux de tous la cocarde ainsi transformée.

Le roi se taisait : les moindres incidents avaient à cette époque une si haute signification. L'alliance officielle de la royauté et de la nation n'allait-elle pas tracer dans l'histoire de la France une ligne de démarcation bien nette et bien tranchée? le successeur de Louis XIV n'abdiquerait-il pas, en un jour, un pouvoir que ses prédécesseurs avaient possédé et défendu pendant des siècles? Toutes ces pensées se succédèrent et se pressèrent en foule dans l'esprit de Louis XVI.

Cependant des milliers de cocardes tricolores avaient été faites en moins d'un instant : toutes apparaissaient ou sur les chapeaux ou sur le canon des fusils. L'exaltation était un joyeux délire. La foule roulait sur elle-même comme les vagues d'une mer immense, et venait arrêter son élan à quelques pas du groupe que formaient le roi, La Fayette et Bailly.

Derrière ce groupe, à travers le cortège royal, quelques mots étaient prononcés tout bas, comme un murmure, et arrivaient cependant d'une façon assez distincte à l'oreille de Louis XVI.

— C'est un piège! c'est une abdication déguisée !

La Fayette présentait, cette fois, au roi sa cocarde tricolore. Pendant un instant, comme si toutes les pensées se fussent réunies sur un même objet, un silence universel succédait aux mille bruits de la foule joyeuse. La veille, à l'assemblée, un député, l'évêque de Chartres, avait dit: « Le silence des peuples est la leçon des rois. » Le roi était ému.

— Sire, lui dit le chef de la garde nationale, ne voyez-vous pas que ce peuple vous aime? Ces couleurs sont les vôtres, en même temps qu'elles sont notre plus chère affection.

Louis tendit la main, il prit la cocarde et la pressa sur son cœur.

— Merci, sire, reprit La Fayette, voilà une cocarde qui fera le tour du monde.

Le roi ne répondit pas; mais se tournant vers ceux qui l'avaient accompagné et leur montrant la foule dont la joie bruyante se manifestait par des cris nombreux de: « Vive le roi ! », il leur dit ces seules paroles :

— Je me dois au bonheur de mon peuple.

Depuis ce jour mémorable, la cocarde a grandi. Ses couleurs sont devenues plus apparentes. Elle est le drapeau tricolore, et la parole de La Fayette a été prophétique : « Ce drapeau a fait le tour du monde. »

On a pu, dans des jours de démence, oublier que Louis XVI l'avait pressé sur son cœur et c'est une triste histoire que nous ne raconterons pas : il est douloureux de rappeler les faiblesses et les crimes. Mais ce que nous aimons à voir encore, et ce que nous ne verrons jamais sans ressentir au cœur une commotion profonde, c'est ce drapeau glorieux flottant au milieu de nos soldats, amoureusement porté à la tête de nos régiments et salué avec vénération par tous ceux qui sont vraiment Français.

C'est que dans le drapeau il y a plus qu'un lambeau de soie noirci par la poudre et troué par les balles : il y a la Patrie ! C'est elle qui vit dans cet emblème ; c'est elle qui s'offre à l'amour de ses enfants ; on croirait voir l'image vénérée d'une mère. Quand passe le drapeau, saluons : c'est la France qui passe !

Si quelques-uns ont souillé par des excès cet emblème si saint et dont la signification très pure est l'union fraternelle de tout ce qu'une nation renferme d'éléments de vitalité et de force, honte à ceux-là. Si le drapeau eût eu des larmes, il eût pleuré à certains jours, quand des Français se déchiraient entre eux.

Bataille de Fleurus.

Mais là où il sourit, c'est quand, porté comme l'ange des batailles, au milieu du sifflement des balles, des nuages de fumée et du grondement des canons, il revêt les traits de la France guerrière, toujours grande et vaillante. Alors ses trois couleurs n'ont pas perdu leur sens : le bleu et le rouge sont encore et toujours la nation, ces valeureux enfants du sol français qui se dirent un jour :

« Nos bras sont nécessaires ; ceux qui détiennent le pouvoir sont menacés : il faut nous unir à eux et les entourer, non pour les emprisonner, mais pour les défendre. »

CHAPITRE II

A la frontière

L'Europe s'est coalisée. L'Angleterre, l'Autriche, la Prusse servent leurs haines séculaires, sous prétexte de venger la cause du roi de France. Louis XVI, en effet, n'est plus roi que de nom. Le flot révolutionnaire s'avance progressivement et menace de tout engloutir. Il semble que rien ne puisse entraver sa marche fatale, et des hommes, inconnus hier encore, se donnent la triste mission de tout bouleverser, pour réorganiser ensuite, si le couperet de la guillotine leur en laisse le temps.

La France est une mer démontée et livrée à tous les vents, où les vagues se heurtent, entassant montagnes sur montagnes, ou creusant à côté des abîmes sans fond. Cependant des hommes comme Robespierre, Danton et Marat ne sont pas encore les maîtres du pouvoir. L'étranger pourrait peut-être ne pas aiguiser la fureur d'innovations qui a pris naissance en notre malheureux pays et ne pas lancer la Révolution dans les pires aventures, en tentant de lui barrer la route.

Mais si les nobles émigrés tiennent au salut et aux prérogatives du roi de France, le roi de Prusse, l'empereur d'Autriche, l'Angleterre en ont-ils bien souci?

Partout retentit le tumulte des armes. Les troupes du roi de Sardaigne sont sur les Alpes ; des corps ennemis se constituent en Catalogne, à quelques pas de la frontière ; les Autrichiens, auxquels Dumouriez fait face, mettent facilement en déroute l'armée improvisée qu'on leur oppose en Belgique ; deux colonnes se replient en désordre sur Lille et sur Valenciennes. Quelques jours encore, et le sol français sera souillé par la présence de l'étranger.

Alors, les hommes auxquels les plus étranges résolutions étaient familières, réfléchirent que les discours à l'Assemblée et les vexations dirigées contre le roi ne suffisaient pas pour sauver un pays. Si d'autres vertus leur manquaient, ils eurent au moins une infatigable énergie.

Le 5 juillet 1792, l'Assemblée déclara que la patrie était en danger. Le canon, de sa voix lugubre, proclama partout la terrible nouvelle ; d'heure en heure, il gronda en signe d'alarme, et les Parisiens atterrés se demandèrent quel nouveau malheur allait fondre sur eux. Or, un cortège militaire passa dans les rues. Le drapeau flotta. Des inscriptions portèrent aux yeux de tous le péril du pays et le décret de l'Assemblée. Il fallait refouler la coalition, revendiquer son indépendance, ne recevoir de lois ni de Berlin, ni de Vienne, répondre à la levée en masse des troupes ennemies, prendre les armes et courir à la frontière pour mourir ou pour vaincre.

Dès le soir de ce jour, huit amphithéâtres étaient

Hoche.

dressés dans les différents quartiers de la ville. A les voir, on devinait que le patriotisme de l'Assemblée enfanterait des prodiges. C'étaient, en haut, des drapeaux flottants, plus bas, des caisses de tambour soutenant une planche qui servait de bureau.

Des officiers municipaux commencèrent à inscrire les noms et l'adresse des citoyens qui demandaient à partir pour la frontière. Il venait des hommes dans la force de l'âge ; il en venait d'autres chez lesquels se décelaient déjà les lassitudes des ans. Des enfants se présentèrent et, parfois, leurs mères les suivaient jusqu'au bureau d'inscription. Les officiers municipaux reçurent tous les enrôlements, acceptèrent tous les concours, inscrivirent tous les volontaires. En deux jours, on en compta plus de cinq mille qui, bientôt après, vinrent se ranger sous les drapeaux français. Un souffle belliqueux parcourut le pays où, depuis quelque temps, les commotions profondes étaient trop nombreuses pour pouvoir être comptées.

Tant de vaillance dut souvent suppléer aux qualités militaires. Les armées prussienne et autrichienne étaient solidement constituées et on y gardait les règlements établis ici par le prince Eugène, là par Frédéric II.

Aussi, dans la coalition, se moquait-on de cette armée de savetiers à laquelle manquerait la noblesse française. Les savetiers en sabots, sans uniforme régulier, trouvèrent un homme qui, en quelques mois, les forma en bataillons et les rendit capables de tenir tête aux meilleures troupes : cet homme fut Dumouriez.

Verdun venait de capituler plus tôt qu'elle eût dû le faire ; les défilés de l'Argonne, ces Thermopyles de la France, comme on les nommait alors, avaient été franchis à la Croix-au-Bois et au Chêne-Populeux. Le duc de Brunswick s'avançait, opérant un mouvement tournant pour couper aux Français la route de Châlons.

Dumouriez, au lieu de prendre l'alarme, fit la concentration de toutes les troupes placées sous les ordres

de ses lieutenants et, solidement établi au mont Yvron
et sur les hauteurs de Valmy, il attendit la bataille.
C'était la première fois qu'une armée française, levée
exclusivement parmi le peuple et sans le secours de
cette brillante noblesse de France que l'on eût dite

Marceau.

faite pour la guerre, allait se trouver en face de l'ennemi.

Quand les canons de Brunswick foudroyèrent les
positions françaises, il y eut bien un moment de
désarroi; mais les soldats improvisés s'habituèrent vite
au feu : ils venaient de voir que tous les coups ne
tuaient pas leur homme. Puis des hommes passèrent

au milieu d'eux : c'étaient Kellermann, le duc de Chartres, le duc de Montpensier, et ces hommes répandaient derrière eux le courage et le sang-froid.

Lorsque les colonnes prussiennes se lancèrent à l'assaut du moulin de Valmy, les Français les attendirent jusqu'à ce qu'ils fussent à bonne portée. Alors, à un ordre donné, la mitraille crépite, les têtes de colonnes s'arrêtent foudroyées. Ceux que l'on nommait les savetiers se précipitent, entourent leurs drapeaux, crient : « Vive la nation ! », et se battent comme des lions. Rien ne résiste à la vigueur de leur poussée. Après avoir hésité, les colonnes de Brunswick se sentent ébranlées ; elles reculent et vont réparer leurs pertes.

C'était un premier succès ; ce n'était pas un succès définitif ; mais les soldats de Kellermann avaient pris conscience d'eux-mêmes, et lorsque, le soir, Brunswick, renforcé par les Autrichiens, dirigea contre eux une nouvelle attaque, ce leur fut un jeu de se jeter sur l'ennemi, de le couper, de le mettre en déroute et le poursuivre jusque dans ses positions.

A la même époque, Lille voyait arriver sous ses murs les Autrichiens du prince de Saxe. Le bombardement commençait et durait dix jours ; les ruines s'accumulaient dans la malheureuse et héroïque cité ; mais les Lillois ne perdaient pas courage. Sentant derrière eux la France entière, ils se croyaient le devoir de résister jusqu'au bout.

En prévision d'une attaque, ils avaient depuis quelques mois établi une compagnie locale de canonniers pour desservir les fortifications de la place ; d'autre

Les engagés volontaires.

part, les munitions ne manquaient pas. Quand parut le prince de Saxe, les canonniers lillois firent merveille et, grâce à leur intrépidité et à leur adresse, déconcertèrent souvent les projets de l'ennemi. Lille ne fut pas prise et l'héroïque population, dont les membres avaient été décimés et la ville ruinée par les incendies, eut au moins cette consolation d'avoir défié les efforts d'une armée.

Deux mois plus tard, les drapeaux français flottaient encore à la frontière : cette fois ils n'avaient plus à barrer la route de la capitale ; poussés par les souffles, ils semblaient s'incliner vers les terres ennemies.

Vingt-cinq mille Autrichiens, bien retranchés dans un camp que défend une nombreuse artillerie, se croient en sûreté. La position était forte et ne paraissait pas pouvoir être sérieusement attaquée.

Cependant, Dumouriez, qui n'a pas toute son armée sous sa main, enlève ses bataillons de volontaires ; on se rue comme une avalanche à l'assaut du gros bourg de Jemmapes. Les Autrichiens sont étonnés ; la témérité de l'entreprise les frappe de terreur ; quels hommes sont des soldats pour lesquels le danger n'entre pas en ligne de compte ? Il se reprennent, leur résistance est vigoureuse et leur feu meurtrier : c'est la lutte de la vieille tactique militaire contre le jeune héroïsme de recrues qui font la guerre sans la savoir. Pourtant les Français arrivent sur les hauteurs ; leurs rangs décimés se sont instinctivement serrés : une vive fusillade les accueille et couche les premières lignes.

Un instant ils hésitent ; la confusion règne dans

leurs bataillons. Eux qui ne craignent pas de mourir, ils sont aveuglés par la fumée et grisés par l'âcre odeur du combat. Le duc de Chartres passe au milieu de tout ce désordre. Quelques hommes le suivent : ils forment le noyau du *bataillon de Jemmapes*.

Le *bataillon de Jemmapes !* ce mot répété saisit les hésitants, réveille ceux dont l'esprit se trouble. Tous veulent être du *bataillon de Jemmapes*. Le duc de Chartres se voit en moins d'une heure à la tête de la moitié de l'armée et, quand sa colonne est bien compacte, il la lance sur Jemmapes, où elle s'enfonce comme un coin.

De Jemmapes, en quelques jours, les Français furent à Aix-la-Chapelle : ils avaient vaillamment franchi la frontière,

Il faudrait tout citer. A Hondschoote, un vieux soldat, Houchard, tombe à l'improviste sur l'armée du duc d'York. Rien ne résiste à la bravoure française. Les jeunes régiments ont été encadrés par les vieilles troupes. L'ardeur est la même dans tous les rangs. Les retranchements ennemis sont enlevés à la baïonnette, et les Hanovriens en déroute abandonnent Dunkerque.

Hoche était un jeune sergent des gardes françaises. A cette époque on avançait vite, et le bouillant soldat avait tout ce qu'il fallait pour avancer : un courage téméraire, le sang-froid d'un capitaine expérimenté, sans parler de cet éclair de flamme qui dans son regard révélait le génie. A Nerwinden, il avait rétabli la bataille sur un point de nos lignes où une panique allait tout compromettre. A Dunkerque, il s'était fait à la fois ingénieur et chef de la défense. Ses hauts faits dépassaient en nombre ses années : il était général et n'avait pas vingt-cinq ans.

Sous l'active direction de ce jeune héros, les soldats se sentent invincibles. Brunswick est tout près ; les Vosges seules le séparent de l'armée de Hoche. Les Français reçoivent un ordre : on lève le camp sans bruit ; les étapes sont longues, le silence est imposé. Quand la journée a été remplie par les marches, on prend à la hâte quelques heures de sommeil et l'on détale, toujours en silence, à travers la nuit.

Les vieux marchent sans se demander où ils vont ; les jeunes s'étonnent ; mais déjà l'étonnement n'est plus pour eux qu'un mot vide de sens ; tous ont confiance.

On prend la route de Bitche : on s'engage dans un vallon étroit comme un défilé ; c'est la vallée de Nierderbronn. Quelques hommes aux aguets eussent à eux seuls pu arrêter toute une armée dans ces gorges. Mais les Autrichiens, solidement retranchés, croyaient la campagne finie et étaient loin de s'attendre à une surprise.

Soudain, leurs postes avancés signalent la présence de l'ennemi ; le tambour bat ; des fuyards se replient sur le quartier général ; les Français les poursuivent l'épée dans les reins ; ils engagent la lutte à l'arme blanche avant que les Autrichiens aient eu le temps de se reconnaître. Quelques-uns de leurs bataillons ont opéré un mouvement tournant : ils sont partout en tête, sur les flancs.

Wurmser ne sait de quel côté porter du secours. Déjà Reischoffen est entre nos mains ; puis ce

Le bataillon de Jemmapes.

sont les postes de Freschwiller et de Wœrth que l'on attaque.

Les Français sont maîtres de toutes les positions et ils tendent la main à Pichegru. Hoche ne va pas s'en tenir à ces premiers succès : il marche sur Wissembourg. Mais les Prussiens ne sont pas loin et arrivent sur la Lauter faire leur jonction avec l'armée désorganisée de Wurmser : ensemble ils couronnent les hauteurs de Geisberg et ils attendent dans une position formidable.

Alors, à l'horizon, on voit paraître des têtes de colonnes : ce sont les soldats de Rhin et Moselle qui ont marché toute la nuit : ils descendent dans la plaine ; leurs officiers passent au milieu d'eux portant les ordres du général. Les troupes font halte un instant, sans quitter leurs rangs : on mange le pain. Puis, tout en avançant encore, les bataillons se déploient. Wurmser surveille ces mouvements et se demande si les Français commettront la faute de l'attaquer sans prendre une heure de repos.

Confiant en la force de position où il s'est établi, il s'écrie :

« Ces gens sont à nous ! »

Cependant l'armée française gravit les hauteurs : on dirait une marche de parade. Les canons grondent, la fusillade n'a pas encore retenti ; le feu des batteries françaises répond soudain aux pièces ennemies. Puis les soldats s'élancent ; ils arrivent à portée, subissent une première décharge et prennent le pas de course. La lutte est acharnée ; on encloue les canons ; on tue les canonniers à leurs pièces ; une atroce mêlée que ne domine plus que le bruit de l'artillerie, confond un moment les premiers rangs des armées ennemies. Pendant ce temps, les derniers bataillons montent à l'assaut du Geisberg ; les lignes de Wissembourg sont prises et reprises ; elles restent enfin aux mains de Hoche, et les armées de la coalition battent en retraite dans deux directions différentes.

Le jeune général victorieux, monté au faîte de la gloire, ne pouvait pas s'attendre à ce qu'un soupçon planât sur sa vie, et cependant le 9 thermidor seul empêcha un tribunal révolutionnaire de le condamner et de l'envoyer à l'échafaud. C'était le malheur de ces temps où l'héroïsme avait à se tenir en garde contre les fureurs d'un pouvoir ombrageux et cruel.

Marceau ! un autre jeune héros ! La bataille de Fleurus était engagée : nous luttions un contre deux : les conditions étaient on ne peut plus défavorables. De brillants officiers, Kleber, Soult soutenaient par leur vaillance nos régiments constamment débordés. Kléber était à la gauche de notre armée ; Marceau commandait la droite. Pendant douze heures les Austro-Hollandais, commandés par le prince de Saxe-Cobourg, fournirent contre l'armée de France les charges les plus meurtrières : ils firent de longs efforts pour percer nos lignes, et toujours ils se heurtèrent à une muraille inflexible. Vers le soir, ils réussirent à rompre l'aile droite. Alors Marceau rallia quelques bataillons ; avec cette poignée d'hommes il soutint pendant une heure l'effort de toute une armée : posté en avant du village de Lambussart, il en défendit les approches ; les hommes de Marceau se sentaient voués à la mort ; mais ils tombaient sans défaillance, parce que derrière eux la droite française se reformait. Ils combattirent derrière un rempart de cadavres jusqu'à ce que le général en chef Jourdan, ayant rétabli l'ordre dans ses lignes, put profiter de l'épuisement des coalisés et reprendre l'offensive.

A partir de cet instant, ce ne fut plus une bataille, mais une glorieuse revanche de douze heures de fatigues, et le lendemain, Jourdan s'avança sur la route de Bruxelles.

Pour nous donner une idée des troupes françaises à cette époque, citons quelques lignes d'un auteur peu suspect de partialité en notre faveur. Nous capitulions dans Mayence après un siège de quatre mois, où l'on avait perdu bien du monde, où l'on avait eu faim, où la ville avait été aux trois quarts détruite par le bombardement.

Gœthe assista au défilé presque triomphlal de la garnison vaincue :

« Nous vîmes, écrit-il, le défilé venir à nous dans toute sa solennité. Des cavaliers prussiens ouvraient la marche : la garnison française suivait. Rien de plus singulier que la manière dont cette marche s'annonçait : une colonne de Marseillais, petits, noirs, bariolés, déguenillés, s'avançait à petits pas; on eût dit que le roi Edwin avait ouvert la montagne et lâché sa joyeuse armée de nains. Ensuite venaient des troupes régulières, sérieuses et mécontentes, mais non abattues et humiliées.

» Cependant l'apparition la plus remarquable et qui rappa tout le monde fut celle des chasseurs à cheval.

Naufrage du *Vengeur*

Ils s'étaient avancés jusqu'à nous dans un complet silence ; tout à coup leur musique fit entendre la *Marseillaise*. Ce *Te Deum* révolutionnaire a quelque chose de sinistre et de menaçant, même lorsqu'il est vivement exécuté ; mais cette fois les musiciens le jouaient très lentement, réglant la mesure sur leur marche traînante. L'effet fut saisissant et terrible et le coup d'œil imposant, quand ces cavaliers, qui étaient tous de grande taille, maigres et d'un certain âge, et dont la mine s'accordait avec les accents, passèrent devant nous. Isolément, ils tenaient du Don Quichotte ; en masse, ils paraissaient très respectables. »

Un dernier trait, et cette fois, nous ne l'empruntons pas aux glorieuses annales de nos armées de terre ; c'est dans les fastes héroïques de notre marine que nous le cueillons.

Nos forces navales étaient désorganisées et il fallait lutter contre l'Angleterre. L'amiral Villaret-Joyeuse protégeait un convoi : il avait vingt-six vaisseaux et rencontra une flotte anglaise de trente voiles. La prudence exigeait que l'on évitât le combat ; mais le commissaire de la Convention s'entendait peu aux choses de la guerre maritime. La bataille fut engagée : ce fut un choc effroyable. Le vaisseau *Le Vengeur* entouré d'ennemis, criblé de boulets, démâté, désemparé, ne se soutenant plus qu'à peine, ripostait encore par ses quelques pièces en état aux terribles bordées des vaisseaux anglais : le pont était couvert de morts : l'équipage était réduit à un quart. On sommait *Le Vengeur* de se rendre : il continua une lutte inégale, et lorsqu'ouvert à de larges voies d'eau, il commença à s'abîmer dans

la mer, ceux qui étaient encore valides parmi les mate-lots et défenseurs du navire entonnèrent la *Marseillaise*. La mort interrompit le chant; la moitié des héroïques marins périt dans les flots; les autres furent recueillis par les Anglais et le convoi français fut sauvé.

C'est ainsi que l'on combattit sous les plis du drapeau tricolore de 1792 à 1795.

Bonaparte premier consul.

CHAPITRE III

A travers les capitales.

La France s'est affirmée, et l'épée en mains elle a fièrement revendiqué le droit d'être seule maîtresse de ses destinées.

Parmi ses enfants bercés au vague murmure des victoires, il en est un qui a pour nom Napoléon Bonaparte. Français, parce que la Corse a été cédée par Gênes, il a surtout dans le cœur l'amour ardent de sa patrie et, comme il ne sait pas concevoir de demi-projets, cet homme ne croira jamais la France assez grande tant qu'une nation ennemie pourra lui disputer le sceptre. Or l'Angleterre n'a pas laissé s'éteindre les vieilles haines. C'est elle qui fomente toutes les ligues, qui forme toutes les coalitions : les nations se lèvent, l'Europe est en feu et l'or anglais fournit les subsides que nécessite l'entretien des armées.

On ne peut expliquer la continuité des guerres du Consulat et de l'Empire que par la persévérance d'une instigation unique : or l'instigatrice fut la haine de l'Angleterre pour la France.

Celle-ci, harcelée, troublée dans son repos, allait bondir comme le lion et épouvanter l'Europe. Son drapeau flottant allait parcourir l'espace, du Tibre au Niémen et à l'Ebre, de Sarragosse à Moscou. C'est dans cette course héroïque que nous allons le suivre.

L'Autriche prétend à la domination de l'Italie. Bonaparte tourne les Alpes et il n'a pour toute armée que trente-six mille hommes, vêtus de haillons, sans artillerie, mal vêtus, mal armés. Mais quelle patriotique énergie dans cette armée, où le simple soldat est souvent un héros.

A Lodi, les Autrichiens défendent le passage de l'Adda. Bonaparte ordonne à sa cavalerie de remonter la rivière et de chercher un gué. Pendant ce temps, il forme une puissante colonne de six mille grenadiers en face du pont que balaie l'artillerie ennemie.

De l'autre côté, des batteries habilement disposées prennent le pont en écharpe et en tête : c'est une grêle de fer à travers laquelle il faut passer. Cependant la colonne des grenadiers s'élance au pas de charge et roule comme un ouragan. Les premiers rangs sont couchés par la mitraille, on enjambe les cadavres et l'on avance. Mais quand ils arrivent à la moitié du pont, les braves soldats ne sentent plus qu'il leur soit possible d'aller plus loin. Aveuglés, encombrés, décimés, ils hésitent. Masséna est au milieu d'eux ; la tête haute, un drapeau à la main, il semble invulnérable. Du doigt, il montre aux grenadiers l'extrémité du pont où se trouvent les pièces autrichiennes. Le drapeau aux trois couleurs flotte, parfois incliné et se relevant fièrement; on se précipite à sa suite : les grenadiers s'exaltent, leur fureur grandit avec les obstacles. Ils bondissent comme des tigres et s'abattent sur les canonniers autrichiens qu'ils tuent sur place.

A ce moment la cavalerie de Bonaparte tombait sur les derrières de l'ennemi et achevait l'œuvre si intrépidement commencée.

En cette même année 1796, l'armée d'Italie établie à Vérone vit arriver en face d'elle des troupes autrichiennes quatre fois supérieures en nombre et qui s'établirent sur les hauteurs de Càldiéro. Les attaquer en rase campagne était impossible; Bonaparte se taisait, et l'armée attendait avec découragement.

Un soir, on sort de Vérone; mais on parait fuir la bataille. Bientôt pourtant la première colonne change de direction et longe l'Adige : un pont est préparé; elle passe le fleuve et se trouve dans un marais à travers lequel trois chaussées seules offrent des routes praticables. Ainsi la position de Caldiéro sera tournée et les prévisions de l'ennemi déçues.

Alvinzy ne peut en croire ses yeux; il devine enfin et envoie des divisions que Masséna et Augereau culbutent avec fureur. Augereau profite de ce premier succès pour tenter un assaut sur Arcole. Là encore il faut franchir un pont. Le passage est défendu opiniâtrément. Les grenadiers, habitués aux plus difficiles besognes, se massent, se lancent et sont refoulés. Bonaparte survient : il prend un drapeau, il se jette au fort de la bataille. Ses aides de camp l'entourent, le couvrent et meurent à ses pieds. Les grenadiers veulent sauver leur général; ils font un effort suprême. Héroïques jusqu'à la folie, ils se laissent hacher plutôt que de reculer. Mais le flot des masses ennemies les emporte : ils sauvent le drapeau, le général est rejeté dans le marais. On se bat autour de lui : il est sain et sauf ; mais Arcole reste au pouvoir des Autrichiens. Deux jours après, Bonaparte devait prendre sa revanche en écrasant toute l'armée d'Alvinzy.

Dans cette dernière journée, le général de l'armée d'Italie appela à lui le commandant d'escadrons Hercule.

« Tu vas prendre, lui dit-il, cinquante guides. Tu vois ce marais. Vous vous glisserez entre les roseaux : vous arriverez ainsi, sans être soupçonnés, jusqu'aux flancs de l'ennemi. Alors... »

Hercule comprit. Trois heures plus tard, quand la bataille allait son plein, les Autrichiens, déjà pressés en tête et inquiétés sur leurs derrières, ne songeaient qu'à ces deux attaques, ils entendirent soudain sur leur gauche le son éclatant des trompettes et les roulements précipités des tambours. L'on menait grand bruit de ce côté-là. Alvinzy crut que, pour le moins, il allait avoir affaire à des réserves importantes : il se battit plus mollement et se laissa enfoncer. L'arrivée subite de quelques tambours et de quelques trompettes entra pour beaucoup dans le succès de cette journée.

On a parlé beaucoup du tambour d'Arcole.

Or la route de Vienne était libre. Bonaparte s'y lança. Aux gorges de Neumarkt et de Unzmarkt, dans les

Le drapeau tricolore au pont d'Arcole.

Alpes de Styrie, des demi-brigades venues de l'armée du Rhin prétendirent aller aussi vite et aussi loin que les vieux régiments de l'armée d'Italie. Ce fut entre les uns et les autres une noble émulation. Ces démons — car c'était ainsi que l'ennemi les appelait — bondissaient de rochers en rochers, se faisaient la courte échelle sous le feu de l'ennemi, gravissaient les pentes les plus raides, essuyaient la fusillade en se jouant et couronnaient les hauteurs. Là, le sang coulait à torrents pour peu que les Autrichiens voulussent résister : rien ne tenait devant la furie française et vainqueurs et vaincus rentraient ensemble dans la même ville, les uns pourchassant les autres.

La capitale de l'Autriche ne dut qu'à la conclusion de la paix de ne pas voir défiler dans ses rues les bataillons poudreux de Bonaparte : il n'en devait pas toujours être ainsi.

Entre temps, Turin, Florence, Rome et Naples s'ouvraient devant les armées françaises et voyaient flotter le drapeau tricolore au frontispice de leurs monuments. Venise, elle-même, l'orgueilleuse reine de l'Adriatique, contemplait nos trois couleurs sur la place Saint-Marc et inclinait son front superbe. Les Français entraient au Caire renversant la domination tyrannique des mameluks et se posant comme une barrière entre l'Angleterre et les Indes. Si encore ils y fussent restés ! L'Egypte était une clef à l'Empire de l'Asie.

Quelques années plus tard, après Marengo, après le colossal projet d'une descente en Angleterre, l'empereur des Français se trouva en face d'une nouvelle coalition. L'Autriche, la Russie et, pour ainsi parler, l'Europe entière en faisait partie : la France n'avait pour elle que la vaillance de ses armées et le génie de Napoléon.

L'un et l'autre pesèrent dans la balance. Le général autrichien Mack s'est retranché à Ulm et croit interdire l'entrée du Danube. Il regarde sur la route de France et a disposé de ce côté de puissants moyens de défense.

Pendant ce temps, les maréchaux de Napoléon font assaut de vitesse; ils veulent honorer par des exploits la nouvelle dignité dont ils sont revêtus. Ils passent le Danube au-dessous de Mack à Donawerth ; ils se répandent dans la large vallée du fleuve, s'échelonnent, forment une haie vivante, un vaste réseau entre les mailles duquel le général autrichien ne pourra pas couler.

Ney rencontre l'ennemi à Elchingen : il passe sur un pont croulant, enlève des terrasses l'une après l'autre, démonte l'artillerie ennemie, pénètre dans le château, s'y laisse assiéger par des masses auprès desquelles son détachement ne peut être comparé qu'à une poignée d'hommes. Il reçoit des secours et se tient à la place qui lui a été assignée.

Mack fut bien malheureux quand il se vit cerné de toutes parts. Plus de trente mille hommes capitulèrent et les Français coururent à Vienne.

« Peut-on appeler cela une capitale, disait un grognard en passant dans les rues de la ville impériale? il n'y a que de la boue ! »

Les Autrichiens de Vienne virent avec admiration ces soldats, héros de tant de victoires : les grenadiers au bonnet de fourrure, les cuirassiers étincelants, les dragons. Leurs traits étaient empreints d'un mâle courage, leurs fronts étaient parfois sillonnés de cicatrices, leur teint était hâlé par tous les soleils et, semblables aux Gaulois des anciens jours, ils paraissaient ne craindre qu'une chose : c'est que le ciel ne tombât sur leurs têtes. Ces hommes jouaient avec les bombes et allaient en éteindre la mèche. Ils avaient pour maxime que les balles ne tuent que ceux qui les craignent. Avec de tels soldats, Napoléon allait vaincre la Russie et l'Autriche à Austerlitz et attendre les provocations de la Prusse.

Il y a loin du Rhin à Berlin ; mais les distances ne comptent pas pour des Français. La première étape de l'armée impériale fut à Iéna. Là, les vétérans de Frédéric II et la brillante cavalerie prussienne vinrent échouer contre des carrés hérissés de baïonnettes et se débandèrent.

Ce même jour, Davout, avec trois divisions, se laissait donner l'assaut par toute une armée. Brunswick, l'ennemi traditionnel, le héros des guerres précédentes, voyait ses colonnes repoussées, et lui-même, dans l'offensive des Français, restait sur le champ de bataille.

Ce fut la bataille d'Auerstaedt. Cette journée fit verser beaucoup de larmes en Prusse et la jeune reine Louise, qui avait tant compté sur la victoire, fut bien déçue dans ses espérances.

Quelques jours plus tard, après une visite à Postdam où se trouvait le tombeau de Frédéric II, l'armée française, drapeaux déployés, entrait dans la capitale de la

Prusse et le corps de Davout, duc d'Auerstaedt, ouvrait la marche.

Eylau ! Des Russes tenaces et qui ne lâchent pas pied, une campagne couverte de neige glacée, un ciel gris et morne, un ouragan qui aveugle les soldats d'Augereau, des escadrons entiers écrasés par l'artil-

Un épisode de la bataille d'Eylau.

lerie ; le tableau était triste : il fallut bien de l'héroïsme pour en voiler les teintes sombres.

Du cimetière, où il a fixé son quartier général, Napoléon, entouré de sa garde surveille la bataille ; le corps de Ney manque à la concentration de ses forces. Augereau s'égare au milieu des Russes ; mais il répare son erreur à force de vaillance, et s'il laisse une bonne partie de ses valeureux escadrons dans les lignes ennemies, il y laisse aussi une large et sanglante trouée.

Murat, l'ami du péril, se hausse sur ses étriers et lève son bras chamarré d'or. Les escadrons qui le suivent percent les lignes russes, vont et reviennent, passent encore et sabrent tout devant eux.

Ney est revenu et la victoire se décide.

Plus loin, nous trouvons encore un champ de bataille. C'est Friedland. Là, sur la rive gauche de l'Alle, se trouve, près de Friedland, l'étang de Muhlenflies. L'armée russe s'est volontairemeut divisée en deux parts inégales qui ne peuvent se toucher que par Friedland, et s'enfuir qu'en passant la rivière sur trois ponts.

Napoléon lance son brave maréchal Ney et, en le voyant tout renverser sur son passage, il s'écrie : « Cet homme est un lion ! »

Les Russes sont délogés de Friedland et les ponts sont incendiés. Ney est pris à revers : on le traque de tous côtés ; c'est la guerre de rues, guerre horrible, où vainqueur l'on peut être écharpé. Mais bientôt le secours arrive et les Russes fuient épouvantés jusqu'au Niémen.

Au même temps, Junot, l'intrépide soldat de Toulon, l'ami et l'aide de camp de Napoléon, partait avec quelques troupes, traversait l'Espagne, entrait en Portugal et traînait après lui quelques milliers de soldats harassés de fatigue. La famille royale ne chercha pas son salut dans la résistance. Ne croyant pas que l'alliance anglaise fût une garantie suffisante contre les armes de la France, elle s'enfuit contente de pouvoir

Bataille de Wagram.

fuir, et se retira dans les colonies portugaises du Bré-
sil ; le drapeau tricolore flotta à Lisbonne.

L'année suivante, les soldats français entreprirent
une guerre plus longue ; elle ne devait finir qu'avec
l'Empire. Ils vinrent à Madrid pour placer une couronne sur le front de Joseph Bonaparte. Mais l'Espagne
n'accepta pas le joug, et si elle fut vaincue, jamais elle
ne fut bien domptée. Les gorges des montagnes, les
ravins et les défilés retentirent du bruit des armes et
bien des cruautés furent commises, desquelles il ne
faut pas rendre responsable le drapeau français qui
flottait au-dessus de Madrid.

Ce fut une entreprise douloureuse et Napoléon la
quitta volontiers pour se rejeter contre l'Autriche, toujours soudoyée par le cabinet de Londres. Quand les
Autrichiens furent de nouveau battus à Essling et à
Wagram, leur capitale vit pour la seconde fois les soldats français traverser ses places et s'installer chez
elle. Blessée, appauvrie, ayant perdu beaucoup de sang,
peut-être pensait-elle déjà que la gloire se paie et
cherchait-elle à découvrir les blessures de son ennemi.

Quant au drapeau français, labouré par les obus,
déchiré par les balles, noirci par la fumée des batailles,
ses couleurs vives et glorieuses tranchaient sur l'azur
des cieux.

CHAPITRE IV

Kremlin et Neige

Le bonheur n'est pas toujours le compagnon fidèle de la gloire, et ce fut une odieuse parole que la parole prononcée autrefois par le brenn gaulois, vainqueur de Rome : « Malheur aux vaincus ! » Combien nous lui préférons cette devise contemporaine : Gloire aux vaincus.

Napoléon poursuivait sa lutte contre l'Angleterre insaisissable derrière sa ceinture d'eau et, ce que l'on n'eût jamais supposé, cette lutte l'entraîna dans les déserts de la Moscovie : le tzar était l'allié de l'Angleterre.

Lorsque l'empereur des Français envoya son ultimatum à l'empereur de Russie, celui-ci étendit devant M. de Narbonne une carte de son empire :

— Je ne me fais point d'illusion, dit-il ; je sais combien l'empereur Napoléon est un grand général ; mais vous le voyez, j'ai pour moi l'espace et le temps. Il n'est pas de coin reculé de ce territoire hostile pour vous où je ne me retire, pas de poste lointain que je ne défende avant de consentir à une paix honteuse. Je n'attaque pas ; mais je ne poserai pas les armes tant qu'il y aura un soldat étranger en Russie.

Toute la campagne de 1812 est contenue dans ces paroles.

Napoléon voudrait rencontrer une armée, l'écraser, dicter la paix ou marcher immédiatement sur une capitale et fixer là les conditions d'un traité. Or les Russes paraissent ; les avant-postes engagent une escarmouche ; on croit à une bataille sérieuse ; Napoléon déploie son armée, prend toutes les dispositions du combat. Soudain, l'escarmouche cesse, le détachement russe se replie et, derrière lui, il n'y a plus d'armée.

Une fois, à Smolensk, Barclay de Tolly paraît vouloir attendre son ennemi de pied ferme ; il s'enferme dans la ville avec quatre-vingt mille hommes. L'artillerie commence la bataille ; les faubourgs sont emportés de vive force ; la lutte est acharnée ; les Russes perdent quinze mille hommes en une seule journée et, quand la nuit met fin au combat, Barclay sort furtivement de Smolensk en incendiant la ville derrière lui.

Il fallut chercher une occasion, la prendre aux cheveux, suivant l'expression souvent employée, et forcer les Russes à se battre. Ney crut y être arrivé sur la

Napoléon distribue les aigles aux drapeaux.

route de Moscou, près des hauteurs de Valoutina. Aussi faut-il dire que les ennemis se croyaient sûrs d'écraser une division française et qu'ils s'enfuirent dès qu'ils virent les chances égalisées par la bouillante valeur du duc d'Elchingen et de Murat.

On arrivait à quelques étapes de Moscou. Près de la Moskova, il est un amphithéâtre de collines qui parut être un champ de bataille favorable aux Russes. D'avance, leurs généraux fortifièrent des redoutes derrière lesquelles ils se couvrirent ; ils hérissèrent leurs lignes de nombreuses pièces d'artillerie et attendirent.

Napoléon prit ses dispositions : il fallait à force de génie réduire à néant les préparatifs de l'ennemi. Eugène dut tenter une fausse attaque contre la droite des Russes et toute la bataille dut tourner autour de lui comme une porte autour de ses gonds.

Ce fut un duel grandiose. Dès le matin, les ravages de l'artillerie annoncèrent une chaude journée ; près de cinq cents pièces de canon étaient en ligne de chaque côté. Le prince Eugène, d'abord vainqueur, s'était vu repoussé par des forces de beaucoup supérieures aux siennes. Les Russes engageaient successivement toutes leurs réserves d'infanterie, cavalerie et artillerie.

Alors Napoléon lança dans la mêlée sa jeune garde, la division de Ney et la cavalerie de Murat. Le choc fut effroyable. Les ouvrages russes furent vingt fois pris et repris. Déjà ce n'étaient plus que des ruines. Au milieu de décombres et d'épaulements renversés, la division de Friant se tenait en carré, impassible comme un roc et recevant les chocs multipliés de l'ennemi.

Murat se jette au milieu d'elle et lui crie : « Soldats de Friant, vous êtes des héros ! »

Ney et Murat paraissent seuls invulnérables ; autour d'eux l'on tombe ; ils narguent le feu de la bataille et,

Les cuirassiers à la Moskowa.

un drapeau à la main, guident à l'assaut des soldats dignes de tels chefs.

Pendant ce temps, les cuirassiers de Caulaincourt se faisaient hacher au centre et prenaient la grande redoute qui couvrait les lignes ennemies. Le désarroi se mettait chez les Russes : ils étaient assaillis par des bataillons rendus furieux et fiers par leurs pertes et leurs succès. Des masses d'infanterie moscovite se laissaient écraser sans songer à la retraite. La bataille de la Moskova était finie et Napoléon voyait libre devant lui la route de Moscou.

Lorsque la première colonne de l'armée française arriva sur les hauteurs que l'on appelle le *Mont du Salut* et que, devant elle, elle aperçut la cité immense, un cri d'enthousiasme et d'admiration retentit et se propagea jusqu'aux derniers rangs : « Moscou! Moscou ! »

Elle était là enfin, cette ville mystérieuse, à moitié européenne et à moitié asiatique, demi-orientale et demi-grecque. On avait vu les autres capitales. Quelques-uns parmi les vétérans étaient entrés au Caire et à Alexandrie : ils avaient contemplé les Pyramides et avaient mis le siège devant Saint-Jean-d'Acre ; jamais ils n'avaient été plus émus.

Ce qui s'offrait à leurs regards était un ensemble imposant et bigarré de palais et de cabanes tartares. Les toits multicolores des maisons, les coupoles, les flèches des églises tranchaient sur la masse uniforme des bâtiments construits à leur côté. Ajoutez à cela un paysage charmant et un horizon sans limites.

Le luxe de Moscou était proverbial. Que trouverait-on dans la capitale des Russies?

Grand fut l'étonnement des Français quand ils pénétrèrent dans des rues désertes et que la ville leur parut abandonnée. Ils s'y établirent. Napoléon habita le Kremlin ; de là, il expédia des ordres en France, tenta de faire la paix avec le tzar et dirigea son armée.

Il avait espéré pouvoir dicter des conditions quand il serait au cœur de l'empire ennemi. Il n'en fut pas

ainsi. Dans la nuit du 14 au 15 septembre, un incendie, pour lequel le gouverneur de la ville avait tout
prévu, éclata soudain et réduisit en cendres une partie
de la ville. Des torches enflammées furent jetées sur
les toits du Kremlin et on réussit à peine à préserver
cet édifice, palais où avaient habité les tzars. D'autre
part, l'hiver, si prompt et si terrible dans ces con-
trées, allait bientôt se faire sentir. Il fallait songer au
départ.

L'armée n'avait pas encore complétement évacué
Moscou que le Kremlin miné sautait en une formidable explosion. Déjà il faisait froid et la retraite de Russie commençait.

Bien que les victoires ne soient pas seules à honorer
notre drapeau, nous ne dirons pas, dans le détail, ce
douloureux épisode de nos fastes militaires. Bien de
l'héroïsme y fut mis au service de la France : héroïsme
inutile, s'il pouvait être inutile de se montrer digne de
ses vieilles gloires.

Un jour Ney, qui commande l'arrière-garde, est sé-
paré du reste de l'armée. On l'attend, il se hâte ; mais
une bourrasque l'égare et, aveuglé par la neige, il se
lance dans une fausse direction. Il ne perd cependant
pas courage. Sa division est très affaiblie, la cavalerie
ne compte plus, les soldats se traînent. Soudain les
Russes paraissent sur des hauteurs voisines par lesquelles il faut passer. Ney ne considère pas que les
ennemis sont dix contre un : il se met à la tête de ses
troupes et engage le combat. Les Russes étaient trop,
et après bien des heures de glorieux efforts, il fallut
renoncer à vaincre des ennemis qui réparaient tou-

jours leurs pertes. Alors Ney s'engage dans une vallée qui, infailliblement, doit le réunir à Napoléon. Il faut passer une rivière; la glace servira de pont. Mais cette ressource manque encore à l'intrépide maréchal, qui passe comme il peut. Enfin, après des aventures que l'on croirait empruntées au roman, après avoir vingt fois été serrée de près par des corps considérables, la malheureuse division est à portée de l'armée française. On la cherche, Eugène ne se console pas de sa perte, et le jeune prince frémit en apercevant le brave Ney dans les bras duquel il tombe en pleurant.

« Ney, cet homme rare, dit M. Thiers, dont l'âme énergique était soutenue par un corps de fer, qui n'était jamais ni fatigué, ni atteint par aucune souffrance, qui couchait en plein air, dormait ou ne dormait pas, mangeait ou ne mangeait pas, sans que jamais la défaillance mît son courage en défaut, était le plus souvent à pied, au milieu des soldats, ne dédaignant pas d'en réunir cinquante ou cent, de les conduire lui-même comme un capitaine d'infanterie sous la fusillade et la mitraille, tranquille et serein, se regardant comme invulnérable, paraissant l'être en effet, et ne croyant pas déchoir lorsque, dans ces escarmouches de tous les instants, il prenait un fusil des mains d'un soldat expirant et qu'il le déchargeait sur l'ennemi, pour prouver qu'il n'y avait pas de besogne indigne d'un maréchal dès qu'elle était utile. »

Cet homme, placé à l'arrière-garde, avait constamment à lutter soit contre les Russes, soit contre les traînards. La situation de l'armée était affreuse :

« L'hiver moscovite, dit M. de Ségur, attaque nos

soldats de toutes parts : il pénétre au travers de leurs
légers vêtements et de leurs chaussures déchirées ; leurs
habits mouillés se gèlent sur eux ; devant eux, autour

Le maréchal Ney faisant le coup de feu.

d'eux, tout est neige ; leur vue se perd dans cette immense et triste uniformité; l'imagination s'étonne: c'est
comme un grand linceul dont la nature enveloppe l'armée ! Les seuls objets qui s'en détachent, ce sont de

sombres sapins, des arbres de tombeaux avec leur funèbre verdure, et la gigantesque immobilité de leurs noires tiges, et leur grande tristesse qui complète cet aspect désolé d'un deuil général, d'une nature sauvage et d'une armée mourante au milieu d'une nature morte. »

On arrive à la Bérésina. Aucun pont sur la rivière et cependant il faut passer, car les Russes sont proches. Ney descend dans l'eau glacée, pour donner l'exemple aux travailleurs qui seront chargés de construire des ponts. Ces hommes se relaient d'heure en heure. Ney reste à son poste : on eût dit qu'il ne ressentait pas la souffrance. Cela dure longtemps. Enfin l'armée va pouvoir franchir l'obstacle et mettre un cours d'eau entre elle et l'ennemi. Le signal est donné ; mais les soldats sont épuisés et, étendus sur leurs manteaux ou sur la neige, ils préfèrent attendre l'anéantissement ou la mort. Ni prières, ni menaces, rien ne peut les déterminer à se lever et à passer le pont.

Soudain l'ennemi est signalé. Quelques braves sont prêts à se sacrifier pour le salut de tous. Ces braves, Ney à leur tête, engagent la bataille pendant que les régiments défilent sur les ponts improvisés. Cependant leurs héroïques efforts ne peuvent longtemps arrêter des masses considérables. L'heure vient de sonner pour un douloureux sacrifice. On coupe les ponts et il reste entre les mains des Russes une foule de soldats et de vivandiers qui avaient refusé de marcher quand il était temps encore.

Plus tard, la retraite ne fut guère plus digne de ce nom. Napoléon avait quitté l'armée, Ney restait. A

Wilna, les rues furent inondées du sang français ;
enfin on arriva au Niemen ; mais il n'y avait plus
autour de l'héroïque maréchal qu'une poignée de soldats. Ces malheureux débris d'une armée de quatre
cent mille hommes passèrent le fleuve sur la glace et
Ney fut le dernier à quitter la terre de Russie.

Passage de la Bérésina

Cet homme indomptable a surtout attiré notre atten-
tion dans ce récit, parce que, mieux que tout autre, il
personnifia l'amour de la patrie et du drapeau. Mais à
côté de lui, combien d'autres héros payèrent de leur
sang leur stoïque dévouement à la cause nationale. Il
faudrait un livre entier pour en rapporter les exemples
nombreux. Ne citons que celui-ci :

C'était à Krasnoé ; la garde donnait, et ces vieux soldats, au silence farouche, passaient comme une trombe au milieu des Russes qu'ils dispersaient. Cela n'allait pas cependant sans qu'ils subissent quelques pertes.

Non loin de Napoléon, un porte-drapeau chancelle soudain, l'aigle s'incline ; mais le soldat se cramponne à la hampe, et se traînant plutôt qu'il ne marche vers son empereur, il lui tend son drapeau.

— Tiens, sire, dit-il, tu me l'avais donné, je te le rends.

— Qu'as-tu, lui répond Napoléon ?

— Regarde, dit simplement le grognard, et entr'ouvrant sa tunique, il laisse voir un flot de sang.

Celui-là ne revint pas de l'expédition de Russie et d'autres portèrent glorieusement son drapeau.

Le temps avait marché ; le grand drame touchait à sa fin ; on était en avril 1814 et l'on était à Fontainebleau. Le grand capitaine, qui avait traîné derrière lui les armées françaises à travers toute l'Europe, était contraint d'abandonner son peuple et son pays, parce qu'il ne pouvait plus les défendre. Ce qui lui manquait, ce n'était pas le génie, mais la fidélité des siens. Il lui en coûtait bien cependant de laisser la France vaincue et souillée par la présence de l'étranger. Autrichiens, Prussiens et Russes occupaient Paris : la grande épopée militaire atteignait à sa conclusion.

Napoléon quitta son château de Fontainebleau et parut en face des troupes : un long et douloureux silence régnait dans tous les rangs. Celui qui avait été empereur et qui venait d'abdiquer dit adieu à ses soldats et, tandis qu'il parlait, les larmes coulaient de ses yeux. Ne pouvant embrasser tous ses compagnons de travaux et de gloire, il embrassa l'un d'entre eux, le général Petit. Puis, se faisant apporter le drapeau de la France, il le baisa religieusement et dit :

« Puisse ce baiser que je te donne retentir dans la postérité. »

Des paroles comme celles-là font oublier bien des fautes et l'on pardonne beaucoup à un Français qui a tant aimé le drapeau de la France.

En Algérie.

CHAPITRE V

En Algérie

La guerre ne se fait pas, quand on a devant soi un poste d'Arabes, de la même manière qu'elle peut être conduite quand deux armées de cent mille hommes vont en venir aux mains. Ici et là, c'est sans doute le même héroïsme, le même amour de la patrie ; mais la tactique est toute différente, et la guerre d'Afrique est une guerre à part.

Le pays s'y prête. Nous n'avons pas à décrire le désert aux plaines de sable sans horizon, les longues marches sous un soleil brûlant, le campement sous la tente ; nos soldats s'habituent à merveille à cette vie et, lorsqu'ils reviennent, s'ils ont le teint hâlé, ils peuvent en revanche conter d'admirables histoires ou figureront des Kabyles, des Turcs, voire même des Juifs.

Mais si vous remontez vers l'Atlas, alors les déchirures abondent. Le terrain est coupé : telle vallée s'élargit soudain, telle autre se resserre en un entonnoir étroit ; il y a des ravins profonds garnis par des bois minuscules, des coupures sauvages et inattendues au fond desquelles coulent des torrents aux eaux claires ; là des rochers nus, noirs, rougeâtres, aux reflets brillants et nuancés ; ici une végétation vigoureuse et puissante résistant aux ardeurs du soleil.

En 1839, alors qu'Alger et Constantine nous appartenaient déjà, le gouverneur d'Algérie, maréchal Valée, voulut parcourir la contrée pour mieux assurer les communications entre les deux villes conquises. L'entreprise était peu sûre, car le pays n'était pas pacifié. Or il se rencontrait fréquemment des plis de terrain où quelques partis ennemis pouvaient arrêter toute une armée. On s'enferma donc dans le plus grand secret. Les Arabes ne purent prendre des dispositions hostiles et ce fut heureux ; car, aux *Portes de fer*, l'armée entière du maréchal Valée pouvait être cernée et détruite.

Qu'on se représente d'immenses murailles calcaires s'élevant à perte de vue et ne laissant entre elles qu'un long passage étroit. En haut l'on n'aperçoit qu'une bande de ciel ; le jour ne pénètre jamais avec toute sa clarté dans la gorge sombre ; on se croirait dans un souterrain construit de main d'homme, si les aspérités de la pierre ne révélaient seules que ce grand ouvrage est dû à la nature. Les soldats défilent deux à deux ; la route qu'ils se fraient n'a pas plus de deux mètres de large ; l'oreille tendue, l'œil aux aguets, ils gardent un religieux silence ; la mort pourrait être si près et le défilé pourrait si facilement devenir un immense tombeau. Le gouverneur a pris avec lui le duc d'Orléans, et tous deux affectent l'insouciance ; mais un soupir de soulagement s'échappe de leur poitrine, quand ils débouchent dans une vallée plus large, et le duc fait

Guerriers arabes.

écrire sur ces Portes fameuses que, depuis les Romains, personne n'avait franchies : Armée française, 1839.

Nous avons fait allusion aux qualités de nos troupes d'Afrique : un entrain merveilleux, une gaîté que rien ne lasse, une endurance parfaite à toutes les fatigues, la légèreté, l'extrême mobilité, un courage hasardeux

qui fait fi du danger, le sentiment d'une énorme supé-
riorité militaire sur la population indigène. A de tels
soldats, il fallait des chefs doués au plus haut degré
des mêmes qualités. Ces chefs, nous les rencontrons
dans des hommes dont les noms sont devenus célè-
bres : Pélissier, Saint-Arnaud, Baudon, Forey, Canrobert, Bosquet, Mac-Mahon.

Au-dessus d'eux tous se trouvait alors Bugeaud,
l'homme en éveil, le guerillero habitué aux coups de
main, toujours à l'affût des occasions et prompt à les
saisir, s'entendant mieux que personne à la guerre de
détail qu'il fallait faire, fatiguant l'ennemi par des
attaques continuelles et imprévues, et ne le laissant
jamais respirer.

Bugeaud pouvait être harcelé de jour et de nuit : il
n'était jamais surpris. Une nuit, dans le désert, les
soldats se reposaient tranquillement dans leurs tentes,
confiants en la vigilance de leurs avant-postes. Soudain l'alarme est donnée précipitamment.

Les Arabes ont trompé les sentinelles ; ils donnent
l'assaut au camp. Un inexprimable tumulte règne un
moment parmi les Français : mais déjà quelques compagnies s'organisent à deux pas des assaillants et sous
leur feu.

Bugeaud sort de sa tente : il n'a pas eu le temps de
revêtir son uniforme et un couvre-chef d'une blancheur
éclatante abrite son front jusqu'aux oreilles. Il tombe au
milieu des zouaves qui déjà sont en armes et vont marcher à l'ennemi.

— Allons, dit-il, c'est par là.

On se battit tout le reste de la nuit et Bugeaud donna

ses ordres, sans prendre soin de changer de costume : d'autres soins lui paraissaient plus pressants.

Le matin, quand les Arabes eurent fui, les zouaves se disaient les uns aux autres : « L'as-tu vue, la casquette du père Bugeaud? » Le Français, né malin, en fit une marche militaire, et ce ne fut pas la moins entraînante.

Un autre trait de mœurs du maréchal. Il avait horreur des punitions ; aussi était-il adoré de ses soldats : or un spahi, de ceux que l'on appelle les têtes fortes, parce que, braves comme des lions, ils ont en haine la vie de garnison, allait passer au conseil de guerre pour déso-béissance aux ordres de ses chefs.

Bugeaud comme toujours se chargea d'étouffer l'af-faire et de la régler à sa façon.

Il alla trouver le coupable en son cachot :

— Eh bien ! lui dit-il, on m'en apprend de belles sur ton compte.

— Mon général, répondit le spahi, c'est vrai, mais c'est fait ; tant pis.

— Il ne s'agit pas de cela, reprit le maréchal, tu as mérité une correction ; c'est moi qui vais te la donner : nous sommes seuls ; à nous deux.

Bugeaud avait de bons bras qui frappaient dur; mais le spahi était fort comme un Turc. Nul ne sut jamais comment s'était terminée cette correction et qui avait été corrigé, car le maréchal garda à ce sujet le silence le plus significatif.

Quelques années à peine après la première prise de possession des rivages algériens, le maréchal Clausel, nommé gouverneur, voulut doubler notre conquête par l'acquisition de la province et de la ville de Constantine.

L'entreprise paraissait facile ; on ne prit donc que quelques troupes et l'on compta sans la saison des pluies.

Quand on fut arrivé devant la ville et qu'on la vit perchée sur un rocher d'abord difficile, protégée par un torrent et défendue par des nuées d'Arabes, le maréchal comprit qu'il s'était témérairement aventuré. Quelques assauts furent vainement tentés et l'on battit en retraite.

La position devenait diffiile.

Les Arabes, profitant du mouvement de recul de l'armée française sortirent de Constantine et commencèrent à harceler nos troupes. Leurs attaques interrompaient constamment la marche. A l'arrière-garde, on résistait vaillamment; on dispersait l'ennemi et on le poursuivait.

Un jour, le chef de bataillon Changarnier, lancé trop vivement dans une de ces chasses à l'homme, se voit soudain coupé du reste de l'armée et entouré par des masses d'Arabes. Loin de perdre courage, il sent qu'il faut vaincre ou mourir. Il forme ses hommes en carré, leur ordonne de ne faire feu qu'à bonne portée et de présenter un front hérissé de baïonnettes.

« Voyez ces gens-là en face, leur dit-il : ils sont six mille, vous êtes trois cents; la partie est égale. »

Les Arabes viennent se ruer contre les quatre côtés du carré : une fusillade bien nourrie les arrête et les fait hésiter un instant. Bientôt cependant ils reviennent à la charge, mais sans être plus heureux. Enfin ils poussent jusqu'à la muraille vivante que forment les trois cents braves de Changarnier; ils sont reçus sur les baïonnettes et ne réussissent pas à percer les lignes. On eût dit et ils crurent qu'un lien invisible retenait nos soldats inébranlables.

Toute la journée se passa ainsi. Les hommes, qui

Bugeaud.

n'avaient pas mangé et qui se battaient depuis des heures, restaient debout à leur poste et aucune fatigue ne se trahissait dans la vigueur de leurs coups. Cependant Changarnier était inquiet et il sentait que la lassitude, sinon l'ennemi, aurait raison de sa poignée de héros.

Avant que la nuit tombât, un nuage de poussière parut à l'horizon et fut salué par un hourra frénétique. C'était le secours et c'était le salut. Les Arabes n'attendirent pas que les Français eussent reçu du renfort et ils s'enfuirent à toute bride.

Il est peut-être, dans notre histoire contemporaine, peu de hauts faits militaires qui dépassent la hardiesse du second siège et de la prise de Constantine.

La ville était défendue par sa position naturelle, autant que par les travaux et le courage de sa garnison. Dès les premiers jours d'octobre 1837, elle fut investie, la tranchée fut ouverte, une brèche pratiquée, et le 13 octobre fut choisi pour le jour de l'assaut.

Déjà Danrémont, frappé d'une balle, était remplacé à la direction du siège par le général Valée.

Lamoricière s'élance à la tête de ses zouaves et, en moins d'un instant, pénètre dans la brèche et la couronne. Combes avec la deuxième colonne va le suivre; mais un deuxième mur se dresse en face des assaillants et ce mur est garni de défenses formidables. Les Arabes sont à toutes les fenêtres et, du haut des toits, ils dirigent contre nos troupes un feu plongeant. On les déloge; Combes à son tour a gravi la brèche; la mitraille le décime : c'est une pluie de fer qui tombe sur nos régiments. Ceux-ci, dans l'impossibilité de se lancer à travers des obstacles semés partout sous leurs pas, restent exposés à ce feu terrible.

A ce moment le bruit d'une terrible explosion domine le fracas de la bataille; le soldat perd la tête :

« Sauvez-vous, amis, dit-il, nous sommes tous perdus, tout est miné. » Une centaine des nôtres restent sous les décombres; ceux qui peuvent en sortir ne songent plus qu'à la fuite: les Arabes les poursuivent et surgissent de tous côtés. En vain les officiers veulent ramener les soldats au combat.

Alors Combes, qui est arrivé au haut de la position,

Campement arabe.

lève son épée en l'air et crie : « En avant! » L'explosion a fait tomber plusieurs maisons et la ville est ouverte. On se précipite du côté où paraît l'héroïque colonel qui est devenu le point de mire de l'ennemi. On entre dans Constantine, on s'en empare rue par rue, maison par

maison. L'opiniâtreté de l'ennemi multiplie les héca-
tombes ; le sang coule partout et le massacre dure
pendant trois heures.

Combes, mortellement blessé, avait été retiré de la
ville :

« Ceux qui seront assez heureux pour revenir de cet
assaut-là, dit-il au général Valée, pourront dire qu'ils
ont vu une belle et glorieuse journée. »

Les journées de ce genre ne furent pas rares pendant
la guerre d'occupation de l'Algérie.

En 1840, le capitaine Lelièvre avait été laissé dans la
petite ville de Mazagran ; il n'avait avec lui qu'un faible
détachement ; mais la valeur suppléa à tout.

Douze mille Arabes, avertis de la faiblesse de la garnison, se présentèrent devant la ville, avec l'intention
évidente de ne pas attendre au lendemain pour lui donner l'assaut.

Le capitaine compta ses hommes : ils étaient cent
vingt-trois et pouvaient à peine faire face sur tous les
points attaqués. Ces cent vingt-trois braves furent espa-
cés, et le capitaine se chargea de les relier les uns aux
autres en se multipliant lui-même et en dégarnissant
de temps à autre les endroits libres en faveur de ceux
qui seraient plus sérieusement menacés.

Les Arabes se heurtèrent donc à une résistance habilement dirigée.

« On s'est battu quatre jours, écrivait l'un d'eux, et
quatre nuits : c'étaient quatre grands jours, car ils ne
commençaient pas et ne finissaient pas au son du tambour ; c'étaient des jours noirs, car la fumée de la poudre
obscurcissait les rayons du soleil, et les nuits étaient des

nuits de feu éclairées par les flammes des bivouacs et par celles des amorces. »

Le capitaine n'avait pas eu un seul instant l'idée de se rendre; mais sûr de l'intelligence de ses hommes, il avait livré à chacun d'eux une part de la direction du combat. Les Arabes étaient stupéfaits de rencontrer des tirailleurs partout où ils n'en croyaient pas trouver : la rapidité des mouvements multipliait le nombre des assiégés en reportant une même troupe successivement en face de différents ennemis.

L'héroïque fait d'armes se termina heureusement et les défenseurs de Mazagran furent relevés de leur glorieuse faction.

Un homme semble avoir résumé en lui l'idée opiniâtre de la résistance aux Français. Cet homme fut Abd-el-Kader. Intelligent et fanatique, beau, grand et fort, admiré pour son courage et ses connaissances, révéré pour sa piété, ce bey de Mascara mit le fanatisme religieux au service de son ambition personnelle et rêva de devenir le chef de toute la nation arabe, en s'aidant du Prophète et du Coran.

Au milieu d'une population barbare, qu'il dominait par son regard et sa parole, où l'on croyait voir l'inspiration, il avait en son esprit toutes les ressources d'un Européen. Energique et rusé à la fois, charmeur et terrible, il ne connaissait pas d'échec qui pût lui faire tomber les armes des mains et, lorsqu'après une défaite il fuyait à travers les tribus nomades, des légions improvisées se rangeaient à sa suite et lui formaient une armée.

Partout à la fois, il était partout insaisissable; sa cavale rapide traversait les ombres de la nuit et, au jour,

Abd-el-Kader était vu priant au seuil d'une tente et prêchant la guerre sainte. Vingt fois, on crut mettre la main sur lui et vingt fois il échappa. Souvent malheureux dans les batailles irrégulières qu'il livrait à nos troupes, il trouvait toujours le moyen d'attaquer le lendemain et semblait retrouver des forces dans ce sol où il était né, dès qu'on le laissait quelques heures à lui.

« Vous abandonnez donc, écrivait-il à ceux qui hésitaient, la foi de vos pères et vous vous livrez lâchement aux chrétiens! N'avez-vous donc pas assez de courage et assez de persévérance pour supporter encore quelque temps les maux de la guerre? Tant qu'il me restera un souffle de vie, je ferai la guerre aux chrétiens et je vous suivrai comme votre ombre. Je vous reprocherai en face votre honte; pour vous punir de votre lâcheté, je troublerai votre sommeil par des coups de fusil qui retentiront autour de vos douars devenus chrétiens. »

Abd-el-Kader passait pour invulnérable; on lui croyait de mystérieux entretiens avec Mahomet. Il ne fallait rien moins que cette conviction, adroitement répandue, pour soutenir les Arabes dans une guerre qui leur était désastreuse.

La poursuite de la Smala est restée légendaire. La Smala était la famille d'Abd-el-Kader; or cette famille se composait encore de celles de ses principaux compagnons; elle avait la garde de son trésor et une redoutable cavalerie la défendait contre toutes les surprises. La Smala formait une véritable ville errante, dont on trouvait partout les traces et que l'on n'était sûr de rencontrer nulle part. Ayant devant elle le désert immense,

Prise de Constantine.

elle le parcourait en tout sens, allant d'une oasis à une autre, dressant ses tentes au milieu des sables, toujours entrevue et jamais atteinte.

C'était là que l'émir retrouvait des ressources après une défaite, et c'est de là qu'il partait pour recommencer la guerre après quelques heures de repos.

Le but du maréchal Bugeaud avait toujours été de s'emparer de la Smala. Il espérait que, laissé à lui seul, sans famille et sans argent, Abd-el-Kader serait plus accessible au découragement et plus facilement vaincu. Mais comment atteindre cette cité mystérieuse? D'autre part, il fallait une armée pour s'en emparer.

Au mois de mai 1843, le maréchal partit; sous ses ordres, le duc d'Aumale commandait la colonne mobile; on s'enfonça dans le désert et l'on déroba ses marches pour que l'Arabe soupçonneux n'en devinât pas la portée. C'était le plus difficile de l'entreprise. Vingt fois déjà, sur un léger indice, la famille d'Abd-el-Kader avait disparu comme l'ombre au moment où l'on croyait la saisir. Or, une armée, quelque légère quelque soit, ne s'avance pas sans laisser de trace.

Le 16 mai, le duc d'Aumale, à la tête de sa colonne, distança le maréchal et reçut avis que la Smala était à un quart de lieue, dans un repli de terrain qui la dérobait aux recherches.

Même les Arabes, contrairement à leurs coutumes, étaient plongés dans une entière confiance : ils avaient dressé leurs tentes aux sources du Tanguin et semblaient jouir d'une entière sécurité.

Le duc eût bien volontiers attendu l'arrivée du gros de l'armée, car c'était une périlleuse aventure que celle qu'il allait tenter en attaquant à lui seul la redoutable cavalerie de la Smala. Mais il risquait de laisser échapper une occasion cherchée depuis longtemps. Cette dernière considération prévalut dans son esprit et, en jeune homme avide de gloire et de dangers, il se chargea à lui seul de la besogne.

Il détache une partie de ses chasseurs et les envoie couper la route aux fuyards, s'il arrive que quelques-uns tentent de s'échapper. Il prend les autres en sa main et leur montre les tentes arabes.

Le général Yousouf est près de lui.

— Qu'allons-nous faire ? dit-il au prince.

— Entrer là-dedans, répond celui-ci.

— Alors, nous sommes tous perdus, réplique le hardi capitaine dont la vie aventureuse ressemble à un roman.

Ils sont cinq cents et ils se précipitent au galop de leurs chevaux au milieu des tentes. Les Arabes surpris sont épouvantés par cette attaque soudaine. Ils s'efforcent en vain de replier leurs tentes, suivant ce qu'ils avaient coutume de faire. Les cavaliers essaient de combattre ; mais l'espace leur manque et, divisés, séparés des leurs, ils meurent stoïquement, sans lâcher pied. Nos chasseurs en font un horrible carnage. Quelques-uns veulent chercher le salut dans la fuite et tombent entre les mains du détachement qui prend la Smala à revers. En quelques heures tout est fini et la famille d'Abd-el-Kader est prisonnière des Français ; son trésor tombe en notre pouvoir, son prestige est détruit, le désert ne lui est plus un refuge assuré. L'émir pourra tenter encore un effort et soulever le

Maroc. La bataille d'Isly, une bataille d'Egypte, à la façon des Mameluks, réduira ses espérances à néant.

« Pour entrer avec cinq cents hommes au milieu d'une pareille population, a dit le colonel Charras, il fallait avoir vingt-deux ans, comme le duc d'Aumale, ne pas savoir ce que c'est que le danger ou bien avoir le diable au corps. Les femmes seules n'avaient qu'à jeter leurs pantoufles à la tête des soldats pour les exterminer tous depuis le premier jusqu'au dernier. »

Ce mémorable fait d'armes eut lieu en 1843 ; or, quatre ans plus tard, Abd-el-Kader faisait sa soumis sion : l'ennemi irréconciliable abjurait toute haine, comme il devait le montrer, en 1860, à Damas, et l'Algérie reposait en paix sous les plis du drapeau tricolore.

CHAPITRE VI

L'Alma, Inkermann et Sébastopol

Si nous avions, dès le début, embouché la trompette épique, nous invoquerions ici la Muse et nous nous lancerions dans la carrière pour décrire les combats qui troublèrent l'Europe de l'une de ses extrémités à l'autre.

Notre ambition n'a pas été aussi hauté et c'est heureux, car elle distendrait notre volume au delà de toute mesure. Humble glaneur, nous passons au milieu des tremblements de terre sans considérer les ruines gigantesques et nous attardant à un brin d'herbe blessé. Il faut de ces hommes dans le monde.

Or, pour en revenir à notre sujet, la Russie a, de tout temps, nourri le désir de *saigner l'homme malade*, ce qui signifie le Turc. C'est chez elle une vieille ambition qui date de deux siècles, et il est certain que l'admirable position où s'est assise Constantinople, la reine du Bosphore, n'est pas de nature à éteindre ces convoitises.

Aux environs de l'an 1854, le tzar s'étant essayé de nouveau à cette entreprise souvent manquée, l'Angleterre et la France unies portèrent des armées dans la mer Noire et la guerre commença.

Nous avions au début cinquante mille hommes, mais il en était mort un certain nombre du choléra et peut-être, la démoralisation aidant, en serait-il mort davantage si le maréchal Saint-Arnaud ne s'était avisé d'un stratagème.

Au moment où la maladie exerçait ses plus grands ravages et où la mort planait sur l'armée, le maréchal fit publier un ordre du jour déclarant que le fléau n'était plus mortel et que quinze jours de repos étaient accordés à tous les convalescents, sans qu'il fût besoin d'autre démarche,

Durant quelques jours, tout le monde y fut trompé. Puis les vieux soldats d'Afrique, qui en avaient vu bien d'autres, soupçonnèrent un bienfaisant mensonge et se mirent un doigt sur les lèvres pour ne rien dire aux jeunes, que déjà l'on nommait les *bleus*.

Le choléra passa, et c'était une brillante et courageuse armée que celle en face de laquelle se trouvèrent les Russes retranchés derrière les hauteurs de l'Alma.

Le prince Mentschikoff se croyait si sûr de ses positions et du succès d'une bataille que, dans un rapport au tzar, il avait affirmé pouvoir tenir contre deux cent mille hommes. Il avait même fait venir sa calèche,

Abd-el-Kader.

pour le prendre au soir de la victoire. La calèche ne servit pas au prince, mais à des soldats français qui s'en emparèrent et y trouvèrent un paletot noisette qui devint proverbial dans nos rangs.

Dès le matin, l'action s'engagea et, un instant, les combinaisons stratégiques du général français furent contrariées et compromises par les lenteurs de nos alliés anglais. Ceux-ci ne pouvaient partir sans que les plus minuscules préparatifs eussent été faits dans le plus strict détail. Il en était autrement de nos chasseurs et de nos zouaves.

Placés à la droite de notre armée, ces derniers gravirent les hauteurs, firent passer des canons par des sentiers étroits et à peine pratiqués, escaladèrent les rochers et se trouvèrent en haut, alors qu'on ne soupçonnait même pas leur présence.

Là, enclouer les pièces ennemies, repousser les Russes et les refouler sur le centre, ouvrir un feu nourri, fut l'affaire d'un instant.

La bataille s'étendait sur toute la longueur des lignes. Notre infanterie montait au pas de charge, traversant vite la distance qui la séparait de l'ennemi et abordant à l'arme blanche ; c'était à qui irait le plus vite : on eût dit une lutte d'honneur.

Les Russes, comptant sur un vieux procédé qui n'a plus cours, masquaient des batteries et attendaient nos régiments à bonne portée, pour les écraser sous la mitraille.

Ordinairement cela réussissait peu.

A un signal donné, quand s'ouvraient les rangs, un bataillon se jetait à terre ; les Russes poussaient un hourra. Mais soudain les hommes se relevaient, reprenaient leur course et sautaient sur les batteries.

Les divisions Canrobert et Napoléon attaquaient de front les retranchements ennemis et avaient pour point de repère un télégraphe établi au sommet des collines. Elles s'élancèrent et, passant sur les Russes, elles atteignirent le but. Après avoir gagné les hauteurs elles se donnèrent la main pour résister aux réserves que Mentschikoff lançait contre elles. L'artillerie n'était pas encore montée. Le commandant Barral prit six pièces, les plaça à cent mètres des Russes et fit tirer à mitraille, décimant les bataillons ennemis d'une façon effrayante.

Mentschikoff rassembla alors toutes ses forces et constitua une colonne magnifique qu'il fit soutenir par toute son artillerie. C'était un suprême effort, et cet effort même échoua.

Le colonel Clerc enlève ses zouaves; il est secondé par Bourbaki; Canrobert et Napoléon, maîtres du télégraphe, poussent vigoureusement devant eux ceux qui résistent encore. Nous sommes vainqueurs sur toute la ligne.

On ne s'était pas emparé sans peine du télégraphe. L'ennemi tenait à cette masure que les boulets avaient éventrée. On se battait au pied de ces murs de quelques mètres de longueur. Soudain le drapeau tricolore flotte au haut de l'espèce de tour que forme la construction. C'est un sergent qui tient le drapeau.

On lui crie :

— Descendez! descendez!

Mais lui, dans son enthousiasme, répond :

— Je veux mourir ici, et il attendit peu la mort qu'il bravait.

Quelques minutes après, un lieutenant du 39e de ligne, nommé Poitevin, parut à la même place; il s'entoura du drapeau et fut coupé en deux par un boulet. Ce fut un zouave qui lui succéda. Le brave garçon saisit le drapeau et l'agita au-dessus de sa tête. Un biscaïen brisa la hampe entre ses mains. Mais celui-là au moins ne mourut pas, bien que tous les projectiles ennemis le prissent pour objectif et, quand il redescendit, il dit à ses camarades, avec un air de confusion qui eût prêté à rire, s'il n'eût été tout simplement de l'héroïsme :

— Il paraît que je fais peur aux balles.

Beaucoup d'autres traits non moins grands pourraient être cités. Nous nous hâtons.

Sébastopol était investie, autant que pouvait l'être, par une armée comme celle des alliés, une ville admirablement située, ouverte du côté de la mer et soutenue par une puissante armée de secours.

Des escarmouches nombreuses avaient de part et d'autre fait couler des flots de sang. Nos francs-tireurs. ces *enfants perdus,* qui tiraient gloire du nom qu'on leur avait donné, stupéfiaient les Russes et les démontaient avec un admirable sang-froid. On les voyait s'avancer en silence, puis se perdre derrière de légères ondulations de terrain ; le moindre trou, le moindre quartier de rocher leur servait de rempart et, de là, invisibles aux yeux de l'ennemi, ils visaient à coup sûr.

Or les Russes, après de fréquentes sorties peu couronnées de succès, se résolurent à une attaque générale des lignes assaillantes.

Les Anglais avaient établi leurs positions sur le pla-

Alexandre II.

teau d'Inkermann et négligé de se couvrir par des tran-chées, car les Anglais, engagés pour se battre, se refu-saient à être pionniers. Alors que toutes les prévisions faisaient pressentir que le principal effort des Russes serait porté contre eux, ils ne voulurent pas écouter les conseils et accepter les secours.

Cependant, Bosquet avait été placé non loin de nos alliés, et ce fut un bonheur pour eux. Un épais brouillard enveloppait les environs : les sentinelles n'y voyaient pas à vingt pas. Soudain, les Russes tombent sur les postes avancés des Anglais, puis arrivent sans bruit. L'armée britannique dormait encore.

Ce fut un affreux massacre ; la brigade des gardes se forme et, seule, très belle dans sa calme vaillance, elle s'oppose aux masses qui l'enserrent de tous côtés. Elle eût fini par être complètement anéantie.

Mais, dès le premier instant, un officier est parti à franc étrier pour porter aux Français la triste nouvelle. Bosquet accourt au pas de course ; il se fraie un passage à travers les ennemis qu'il perce largement et vient se ranger auprès des Anglais qui se reforment. Alors, quoique très inégale encore, la bataille se rétablit. Bourbaki charge pour arrêter la marche des colonnes russes et n'engage pas ses troupes à fond, afin de pouvoir les ramener.

Les Russes s'aperçoivent de la faiblesse numérique de leurs adversaires : ils vont renouveler en masse les attaques par lesquelles ils ont débuté. Le commandant de la Baussinière foudroie une de leurs colonnes avec quelques pièces qu'il a pu rassembler et qu'il établit en batterie à cent pas de leurs premiers rangs. Enfin survient la division Napoléon, qui, crânement, sous le feu de l'ennemi, s'installe au sommet d'une éminence d'où elle domine le combat.

Bosquet tire son épée, se met à la tête de ses zouaves, de ses turcos et de ses chasseurs ; il leur montre vingt mille Russes :

— Pas un coup de fusil, dit-il ! En avant ! A la baïonnette.

Les colonnes roulent, passent rapides, comme si elles ne touchaient pas la terre et retombent sur l'ennemi qu'elles anéantissent en quelques minutes : les malheureux débris de ce corps furent précipités dans un ravin où les cadavres vinrent s'accumuler sur d'autres cadavres, par couches successives : beaucoup de ces morts portaient encore brisée dans leur poitrine la pointe d'une baïonnette.

Chacun paya de sa personne en cette mémorable journée. Canrobert blessé se fit panser sur le champ de bataille et continua à donner ses ordres :

— Mais vous allez vous faire tuer, lui dit-on.

— Monsieur, répondit-il, il m'est défendu de charger à la tête d'une brigade ; mais mon poste est sur le mamelon ; le quitter serait une lâcheté.

Il est trop rare, ajouta-t-il, qu'un général en chef soit sérieusement exposé, pour qu'il ne saisisse pas l'occasion d'affronter la mort, quand il peut le faire sans manquer à son devoir.

Les Russes vaincus s'enfermèrent dans Sébastopol et continuèrent à défendre vigoureusement les approches de la place. Chaque mètre de tranchée, que l'on poussait jusqu'au pied des retranchements, coûtait la vie à un homme : or il y eut environ quatre-vingts kilomètres de tranchées creusés autour de Sébastopol. Quand ils furent arrivés assez près, les alliés se résolurent à un assaut.

Le 7 juin, le Mamelon-Vert avait été enlevé ; ce fut Malakoff qui, cette fois, dut être attaqué.

Le principal rôle dans la disposition de cette journée échut à la division de Mac-Mahon. Quand Pelissier lui montra la responsabilité qui allait peser sur lui, le général répondit :

— J'entrerai à Malakoff et je n'en sortirai pas vivant.

Il tint parole.

Nul signal n'avait été indiqué pour l'assaut général : les divisions devaient s'ébranler à midi. Depuis le matin, les troupes étaient cachées dans les parallèles : une émotion bien compréhensible les saisissait à mesure que s'approchait l'heure. Derrière les capitaines, des regards curieux interrogeaient les aiguilles des montres.

Enfin, il est temps. Les généraux brandissent leurs épées, les colonnes bondissent, un tourbillon de poussière se lève et protège les assaillants contre la surveillance des ennemis. On entend un cri d'enthousiasme, un cri victorieux. Les trois colonnes sont dans la place. Nos étendards flottent; Malakoff est entre nos mains; l'ennemi fuit en désordre.

Mais les réserves russes surgissent presque au même instant. Ce n'était pas assez qu'entrer dans la position, il fallait s'y maintenir. Les boulets des autres ouvrages criblent nos troupes. Mac-Mahon debout, très en vue, impassible au milieu de projectiles qui labourent le sol donne ses ordres à tous. A tout prix, il faut que Malakoff reste possession française.

« Les Russes s'acharnaient à nous disputer la tour où la division de Mac-Mahon tenait stoïquement sous le feu écrasant d'une formidable artillerie. Les masses venaient se ruer contre les flancs de la redoute et reculaient violemment repoussées. Déjà, le génie avait dressé des batteries pour répondre au feu. Turcos, zouaves, voltigeurs de la garde, habitués à l'offensive, se conte-

Devant Sébastopol. — Un bivouac.

naient à peine derrière des retranchements et brûlaient du désir de poursuivre l'ennemi.

Ce désir fut enfin satisfait. Les Russes, revenant plus nombreux pour une charge nouvelle, Mac-Mahon résolut d'en finir.

Il donna le signal d'une sortie. Ausssitôt turcos, zouaves et voltigeurs se précipitèrent en une masse compacte qui s'enfonça profondément dans les rangs ennemis. Sous ce choc, les colonnes d'attaque se coupèrent et se fondirent.

C'en fut fait. Malakoff nous appartenait définitivement; le drapeau tricolore qui y avait été planté continuerait d'y flotter. La tour était la clef des ouvrages voisins qu'elle dominait. Les Russes abandonnèrent ces ouvrages et Sébastopol fut prise.

Toutes les dispositions stratégiques que l'on peut imaginer avaient été employées pour empêcher les armées alliées d'atteindre à ce résultat et, lorsque les Français vainqueurs purent se rendre compte de l'immensité des travaux accomplis par les Russes, ils en furent étonnés. Malakoff était minée. On avait assemblé, dans des souterrains, des quantités considérables de poudre et des fils électriques devaient provoquer l'explosion.

Ce fut par un véritable miracle que ce malheur fut conjuré. Un soldat du génie découvrit l'un de ces fils et soupçonna la présence des autres : on fit des fouilles et l'on s'aperçut que le lieu où il fallait tenir ressemblait assez à un volcan.

Les soldats français en rirent après coup : la victoire ne fait-elle pas oublier tous les dangers?

CHAPITRE VII

Montebello, Magenta, Solférino

Des combats encore ! Encore du sang français qui coule ! Cette fois, c'est pour que l'Italie soit une, qu'elle soit grande et puissante. La France est magnanime et souvent elle se trompe dans ses affections. N'a-t-elle pas le tort de croire quelquefois à la reconnaissance ?

Le général autrichien Giulay vient de passer le Pô avec vingt-deux mille hommes. La division Forey, inférieure de moitié en nombre, occcupe Voghera et ne s'attend pas à être attaquée. Soudain un officier à cheval paraît et crie : « Aux armes! » Immédiatement la division se forme et le général Forey, se plaçant à la tête de trois mille des siens, sort à la rencontre de l'ennemi.

Les Autrichiens s'avançaient en deux colonnes, l'une sur la grande route, l'autre sur la chaussée du chemin de fer. Trois bataillons barrent la route, le quatrième s'établit en travers de la voie ferrée. Une batterie est au centre.

Nos tirailleurs prennent leurs positions et, dispersés dans la campagne, engagent l'action par une vive fusillade, à laquelle répond aussitôt l'artillerie de part et d'autre.

Les nôtres étaient pour la plupart de jeunes conscrits qui n'avaient pas encore vu le feu. Leur étonnement ne dura qu'une minute, et, sous la pluie de fer que fit tomber sur eux l'artillerie ennemie, ils se sentirent l'âme de vieux soldats.

Cependant l'inégalité des forces est tant à notre désavantage que le combat ne peut-être continué dans de telles conditions. Forey a toute sa division sous la main ; il en détache trois bataillons qui se jettent sur les Autrichiens et les repoussent jusque sur les hauteurs de Montebello. Cela se passait à l'aile droite.

Sur la gauche, un seul bataillon, agacé par le feu, se lance au pas de course, attaque vivement, met le désordre dans les lignes ennemies et se replie pour laisser place à la cavalerie piémontaise.

Celle-ci charge jusqu'à huit fois et, lorsqu'épuisée elle revient après avoir troué les régiments autrichiens, le colonel Cambriel masse ses fantassins, lève son épée et crie : « En avant ! »

La poussée fut irrésistible. Pendant quelques minutes, les Français disparurent, perdus pour ainsi dire au milieu de la multitude de leurs adversaires ; mais ceux-ci ne purent tenir à la fougue de nos bataillons et, après une mêlée furieuse, leur retraite se dessina.

Inkermann.

Retirés sur Montebello, ils allaient se reformer sur
les sommets : ils étaient terribles encore et, malgré
leurs pertes, leur nombre était encore supérieur à celui
des troupes du général Forey. On tente de les déloger
de Montebello ; ils se cantonnent dans les maisons,
barricadent les fenêtres, font feu par toutes les ouver-
tures. L'escarpement du lieu, la force de l'ennemi, son
acharnement rendent téméraire l'entreprise de Forey.

Soudain apparaissent sur la route un bataillon de
chasseurs et trois bataillons de ligne. Forey aura six
mille hommes, sans compter la cavalerie piémontaise.
Il donne ses ordres, établit sa gauche dans une ferme,
barre la route avec de l'artillerie, dispose en colonne
les chasseurs à pied et quelques autres troupes, lance
cette colonne sur Montebello et se jette lui-même au
fort de la bataille.

Le général Beuret tombe blessé mortellement; la
colonne poursuit sa course; elle gravit les pentes sous
le feu, pénètre dans Montebello, attaque de front les
Autrichiens, qui, déjà, sont pressés sur les flancs ; les
maisons sont emportées une à une. L'ennemi cherche à
se rallier derrière les murs d'un cimetière ; c'est en
vain. Les murs sont escaladés; on fait des prisonniers
et, le soir, à six heures, les troupes de Giulay sont en
pleine retraite.

Alors commence la poursuite. Nos tirailleurs s'étalent
dans la campagne et harcèlent les colonnes en marche.
Quatre pièces de canon sont braquées sur les Autrichiens qui fuient sans riposter.

Jamais mieux qu'en cette journée on put remarquer les
aptitudes naturelles que le Français a pour la guerre.

Prise de Malakoff.

La division du général Forey était en grande partie composée de jeunes soldats : ceux-là reçurent à Montebello le baptême du feu et ils le reçurent avec un sang-froid et une insouciance que n'auraient pas désavoués les grognards de nos vieilles armées.

Une anecdote à l'appui. Les Autrichiens gardaient les rives du Pô. Leurs vedettes étaient vigilantes et, de l'autre côté, on les distinguait parfaitement, tantôt immobiles, tantôt se croisant et surveillant le fleuve.

Le calme de ces gens-là irrita les nerfs d'un vieux soldat. Faire un bon tour à ces cavaliers qui devaient être peu habitués à aller à pied, n'était pas pour déplaire à un de ces *enfants perdus* de Sébastopol qui, déjà, était coupable de tant de tours de cette façon.

Il prend avec lui dix de ses camarades, nageurs intrépides. Chaque soldat ne porte que sa baïonnette et des cordes. Les onze maraudeurs se jettent à l'eau, passent sans bruit, abordent sur l'autre rive et se tiennent un instant cachés dans les broussailles.

La nuit tombe et les Autrichiens ne se doutent de rien. Trois d'entre eux sont à quelques centaines de pas et leurs chevaux sont attachés à des arbres.

Soudain, les Français qui ont rampé à plat-ventre se dressent comme des fantômes. Les sentinelles veulent crier, mais des mains leur étreignent la gorge. On ne les tue pas, mais on les garrotte et, pendant ce temps, les chevaux détachés sont dirigés vers le Pô, où ils se lancent montés ou conduits par les aventuriers français.

Ce sont les petits côtés de la guerre, et ces petits côtés abondent en nos campagnes. Nos soldats portent partout leur besoin de se distraire et de rire.

Le lendemain du combat de Turbigo (juin 1859),
les soldats s'éveillèrent joyeusement au son de la diane,
en un pays charmant, sous un ciel sans nuage, et sans
penser du tout que la journée pourrait être remplie par
une grande bataille ; ils chantaient sur les bords du
Naviglio-Grande.

Tout à coup le clairon sonne ; on lève le camp, on se
met en route, sac au dos, sans se demander si l'ennemi
est proche et si l'on ne va pas dans une heure échanger
des coups de fusil.

Giulay a cent quarante mille hommes qu'il a divisés
en deux corps : le premier a pour mission d'arrêter
Mac-Mahon, le second doit culbuter les grenadiers de la
garde : tout cela pour nous couper la route de Milan et
nous jeter dans le Tessin.

L'empereur est à San-Martino avec une partie de la
garde impériale. A quatre kilomètres se trouve Magenta,
sur la route de Milan.

C'est sur ce village que doivent se porter tous les
efforts.

Comme Mac-Mahon doit parcourir une distance plus
considérable, on attend que, de son côté, le bruit du
canon donne le signal de la bataille.

Ce signal est donné. La garde se lance sur la route ;
mais elle rencontre des obstacles : l'ennemi a fortifié ses
lignes et élevé des redoutes, Les grenadiers sont sept
mille et ils ont devant eux cent mille ennemis. Ils sou-
tiennent, à force d'héroïsme, le choc de toute l'armée
autrichienne et, pendant deux heures, à eux seuls ils
combattent à chances égales. Le canon de Mac-Mahon
retentit encore. Bientôt une division d'infanterie vient

DRAPEAU TRICOLORE

7

se joindre à la garde et donne à l'action une impulsion plus vive.

Cependant la situation est critique : on fait partir un aide de camp pour ramener tous les soldats détachés qui pourraient être disponibles. L'empereur n'entend plus le canon de son deuxième corps : les zouaves, les grenadiers rivalisent d'ardeur, prennent les positions, les perdent, les reprennent encore.

Canrobert accourt avec sa division. L'artillerie de Mac-Mahon se fait de nouveau entendre. Ce général pousse devant lui les Autrichiens qu'il rejette sur Magenta. La canonnade est plus rapprochée, les coups se succèdent sans interruption. C'est alors que la bataille s'engage encore plus vivement ; l'élan est furieux. Les Autrichiens, massés dans Magenta et attaqués de front et sur les côtés, résistent sans plus espérer la victoire. Mac-Mahon les presse. La garde impériale animée par cinq heures d'une lutte héroïque veut faire payer ses pertes.

Le 2e zouaves, ou plutôt ce qu'il en restait, vit deux divisions ennemies, cachées par les vignes, se ruer sur des batteries qui les criblaient de boulets. Se croyant sûrs de réussir dans leur entreprise, les Autrichiens criaient : « Victoire ! »

Les zouaves, d'un commun accord, se précipitèrent sur le flanc des divisions : ils étaient quinze cents, ils attaquaient dix mille hommes. Déjà, les Tyroliens arrivaient aux canons qu'ils allaient enclouer : mais, au même moment, ils aperçurent les zouaves et s'arrêtèrent stupéfaits. Le régiment se replia sur lui-même, chaque soldat bondit comme un lion ; un clairon sonna la charge et, comme retentit une formidable explosion, ainsi éclata le cri de guerre.

On ne rencontra pas la moindre résistance. Les Autrichiens se renversèrent les uns sur les autres ; leurs brigades furent traversées, coupées, séparées en tronçons et, quand les zouaves se retournèrent pour achever

Mac-Mahon.

la besogne, toutes les crosses des fusils étaient en l'air. On fit deux mille prisonniers.

A Magenta, la lutte était meurtrière ; il fallait avancer lentement et faire le siège de chaque maison. Plusieurs heures furent employées à déloger les ennemis. Enfin, à sept heures du soir, ils fuyaient de tous côtés et l'artillerie des généraux Auger et Lebœuf, traçait dans leurs rangs confus de sanglants sillons.

La bataille nous avait coûté quatre mille hommes. L'Autriche en perdait vingt mille, sans compter sept mille prisonniers.

« Le lieu de l'action, lisons-nous dans un récit de ces événements, présentaient un aspect fort lugubre. Le sol était jonché de morts, sur une étendue de plusieurs lieues : les Autrichiens, tués presque tous à coups de baïonnette, n'étaient pas défigurés : mais les Français, atteints par les balles et les boulets, avaient reçu pour la plupart d'affreuses blessures.

» Tous nos soldats ont remarqué que, parmi les morts étendus sur la terre, les grenadiers semblaient avoir un pied de plus que de leur vivant.

» Les endroits où les mêlées avaient eu lieu attiraient de loin les regards, car les corps y étaient littéralement amoncelés. Atteints dans leur fuite, les Autrichiens y étaient en général couchés sur le ventre. Comme ils avaient le sac au dos pendant le combat, nous pûmes nous assurer de la force étonnante avec laquelle les zouaves lancent leur baïonnette, contre laquelle le sac rempli d'effets avait été un bouclier insuffisant... Çà et là, l'attitude de certains morts produisait une impression pénible ; on reconnaissait qu'ils s'étaient débattus avec une énergie furieuse contre la mort : leurs mains en se crispant avaient arraché l'herbe dans les champs ou les pierres sur les chemins. »

Vingt jours plus tard, le 24 juin, s'engagea la bataille de Solférino. L'effort principal devait porter sur ce village, clef de la position, et la réserve, composée de la garde, fut établie derrière le premier corps d'ar-

mée. Baraguey-d'Hilliers et Mac-Mahon s'avançaient
au centre ; Victor-Emmanuel était à l'extrême-gauche ;
Niel et Canrobert à la droite.

Tout-à-coup, nos colonnes rencontrèrent des colonnes autrichiennes ; c'est l'armée entière de l'ennemi
qui est revenue sur ses pas. Une grande bataille va
être livrée. Elle commence définitivement à huit heures
du matin.

- Déjà, le 2e corps était aux prises avec les Autrichiens
sur les hauteurs de Solférino. Pour se relier à lui,
Mac-Mahon étendit son front de bataille, fit avancer
l'artillerie et engagea une canonnade terrible.

Huit mille ennemis se portaient sur notre flanc. Ils
s'avançaient dans un ordre admirable et comme à pas
comptés. De temps à autre, le général criait : « Oblique à gauche ! oblique à droite ». Les zouaves espé-
raient qu'on allait les lancer ; il n'en fut rien.

Mais soudain, les taillis s'illuminent d'éclairs : la
fusillade retentit en demi-cercle. Ce sont les tirailleurs
du 4e corps qui déciment les Autrichiens. Ceux-ci
croisent la baïonnette ; ils se remettent en marche,
très posément et avec beaucoup de calme. Alors, un
tourbillon de poussière s'avance comme un ouragan :
ce sont trente canons que l'on braque à la lisière du
bois. Un feu roulant d'artillerie retentit et fauche les
lignes ennemies. Des rangs entiers s'affaissent ; les
volées de biscaïens font des ravages épouvantables.
Quelques centaines d'hommes à peine sortirent du
nuage épais de fumée qui avait couvert le massacre.

Deux régiments de uhlans s'élancèrent entre Solférino et nos divisions qui tenaient la plaine. En cet endroit, il n'y avait que six escadrons français. Nos escadrons chargèrent. Les cavaliers partirent au galop de leurs chevaux et tombèrent sur l'ennemi, bride abattue. La mêlée dura quelques minutes pendant lesquelles il fut impossible de rien distinguer. Les sabres se levaient, les chevaux se cabraient; on voyait parfois, à la lumière des amorces, des cavaliers sanglants. Enfin, les uhlans lâchèrent pied.

Cernés de tous côtés, ils n'avaient d'autre chance que de percer nos lignes. Ils vinrent se heurter à l'infanterie qui les reçut sur la pointe de ses baïonnettes. Les chasseurs les poursuivaient et s'enfonçaient au milieu de leurs groupes.

Affolés, les Autrichiens reculèrent sous le feu de l'artillerie et bien peu d'entre eux rejoignirent le gros de l'armée.

Pendant ce temps, la division Baraguey-d'Hilliers multipliait les assauts contre Solférino : elle s'emparait successivement du château, du village et du cimetière. Les Autrichiens délogés se replièrent sur la route de Cavriana, où se trouvait le quartier général de l'empereur. Mac-Mahon les en chassa, couronna les hauteurs de Fontana et, par ce succès décisif, détermina la retraite.

De son côté, Victor-Emmanuel, après avoir longtemps lutté sans grand avantage, profitait de nos succès et s'établissait dans le village de San-Martino. Niel, grâce à sa puissante artillerie, se soutenait contre des forces bien supérieures et Canrobert lui tendait la main. Ensemble ils pressèrent les Autrichiens et les repoussèrent sur toute la ligne, dès cinq heures du soir.

La victoire de Solférino nous coûtait douze mille hommes. C'était bien du sang. Mais la paix allait se faire et nous avions, à coups d'épée, taillé un grand royaume au monarque piémontais, qui voulut régner à Rome et y oublier Montebello, Magenta et Solférino.

Porte de ville à Pékin.

CHAPITRE VIII

A Pékin

Les Chinois aiment peu à être visités. Cette vaste contrée, peuplée de quatre cent millions d'hommes, se croirait volontiers le centre du monde et, contente d'elle-même, ne se sent aucun besoin d'entretenir des relations avec les autres nations.

Cette prétention à rester isolée au milieu de l'univers n'influa pas peu sur les événements qui amenèrent notre drapeau à paraître sous les murs de Pékin. La Chine voulait bien vendre, mais non acheter ; elle absorbait l'or européen sans le rendre. L'Angleterre, puissance commerciale au plus haut degré, s'émut de cet état de choses, et de là à envoyer dans les eaux chinoises quelques vaisseaux de guerre, il n'y eut qu'un pas.

Les premières hostilités furent promptement suivies de négociations. Les forces anglo-françaises s'emparèrent de Canton et annoncèrent leur intention de pousser jusqu'à Pékin. Le fils du ciel trembla dans son palais, et, quand il apprit que nos marins s'emparaient des forts, que les vaisseaux des flottes alliées paraissaient devant Tien-Tsin, il envoya des plénipotentiaires, avec ordre de faire la paix.

Cependant une année s'écoula et, confiants aux promesses faites, les représentants de la France, de l'Angleterre et de l'Amérique arrivèrent à l'embouchure du Pei-Ho, avec l'intention de remonter ce fleuve et d'arriver à la capitale de la Chine. Mais dans le Céleste empire, les dispositions des esprits avaient changé. On ne voulait plus de traité avec les puissances, plus de commerce avec l'Europe. L'empereur de Chine, s'appuyant sur ses armées innombrables, n'entendait pas se laisser imposer des lois et se moquait de la parole donnée.

Quand les marins anglais et français voulurent remonter le Pei-Ho, ils trouvèrent le fleuve barré. Alors ils tentèrent de forcer le passage. Quelques canonnières s'engagèrent contre le premier barrage, et aussitôt on tira sur elles des forts qui bordaient la rive. Plusieurs navires furent détruits, les équipages malmenés et force fut de ne plus se hasarder.

Il y avait, en ce fait, une violation flagrante des négociations entamées l'année précédente. Des matelots français voulurent en punir les Chinois. Ils prirent les Anglais avec eux et débarquèrent. Mais ils n'étaient qu'une poignée. L'ennemi, invisible derrière ses retranchements dirigeait contre eux un violent feu d'artillerie. D'autre part, la marche était entravée par les obstacles dont était semé un sol glissant et fan-

Uniformes chinois.

geux. Il fallut renoncer à une entreprise qui se présentait hérissée de difficultés et remettre à plus tard la correction que méritaient les Chinois.

En avril 1860, douze mille Français et vingt-trois

mille hommes de troupes anglaises débarquèrent à Shang-Haï. En juillet, les deux armées alliées furent transportées sur leurs escadres à l'embouchure du Pei-Ho et se préparèrent à mener la guerre vivement.

Elles trouvèrent devant elles soixante-dix mille Chinois, bien abrités dans les forts et pourvus d'une nombreuse artillerie.

La lutte commença et ne fut pas de longue durée. La Chine avait été trop longtemps fermée au progrès, pour que ses soldats pussent résister à la tactique européenne. Ils étaient de ceux que les balles effraient, qui cèdent à une panique irraisonnée et devant lesquels il suffit d'avoir de l'audace.

Que de fois nos marins sont allés à la rencontre de troupes vingt fois plus considérables et les ont dispersées en quelques instants ! Il ne faut pas chercher en cette guerre les mêlées furieuses et sanglantes, où le courage a besoin de s'exciter soi-même. Si nos soldats furent héroïques, là comme partout, et s'ils soutinrent vaillamment l'honneur du drapeau national, ce fut surtout en se trouvant une poignée d'hommes et en triomphant de tout un empire.

L'artillerie des forts de Takou était mal dirigée, ses coups ne portaient pas ou portaient peu ; il en était tout autrement du feu des vaisseaux et des pièces rangées en batterie par les armées alliées. En quelques jours, les garnisons des forts furent suffisamment démoralisées pour que l'on pût tenter un assaut.

Franchir au pas de course la distance qui s'étendait entre les lignes assiégeantes et les retranchements ; monter et escalader les murailles, en chasser les défen-

Marché chinois.

seurs et les poursuivre fut l'affaire de quelques instants.

Les Anglo-Français étaient maîtres des forts et l'armée ennemie se dispersait dans toutes les directions, sans qu'aucune force humaine pût être capable de la reconstituer.

Vaincus, les Chinois eurent recours à la diplomatie et tentèrent encore une fois de se débarrasser de leurs vainqueurs, à force de promesses et de mensonges. Mais cet artifice avait trop souvent été employé, pour être encore utile. Les alliés déclarèrent qu'ils ne traiteraient qu'à Tong-Tchéou, à quatre kilomètres de Pékin, et la guerre continua.

Un jour, une nuée de Tartares parurent à l'horizon. Leurs masses étaient profondes ; ils formaient autour des troupes anglo-françaises une ligne étendue, égalant presque un demi-cercle. Le général Cousin-Montauban pensa qu'il n'avait qu'à laisser se briser elles-mêmes ces hordes barbares.

Une fois bien établis en leurs positions, les Européens attendirent, et lorsque les Tartares, qui s'avançaient témérairement, furent à bonne portée, une vive fusillade les arrêta net. Puis les canons grondèrent et semèrent la mort dans les masses, où les ravages des boulets furent effrayants,

Les ennemis n'attendirent pas d'être anéantis par l'artillerie. Ils tournèrent le dos et s'enfuirent en désordre. Il eût été bien désirable qu'une cavalerie en bon état pût poursuivre les fuyards. Mais la cavalerie manquait et son action eût été dangereuse, dans un pays coupé, semé de flaques d'eau et de terrains mouvants, couvert de hautes herbes, derrière lesquelles il était facile à un ennemi de se dissimuler. Les généraux poursuivirent leur marche en avant.

Aux environs de Palikao, ils se trouvèrent en face d'une nouvelle armée de vingt-cinq mille hommes ; moins aventureuses que les troupes qui avaient été vaincues précédemment, celles-ci attendaient dans un camp couvert de retranchements et défendu par un canal.

La position était très forte, et les alliés, qui avaient dû laisser de nombreux postes sur leur route, afin de mieux assurer la tranquillité du pays, n'étaient plus, à proprement parler, qu'une poignée d'hommes. Ils n'en résolurent pas moins de brusquer les événements et l'attaque du camp retranché fut résolue. Le général Grant devait prendre la position à revers, tandis que Cousin-Montauban se présenterait de front.

Un violent combat d'artillerie fut le prélude de l'action et les Chinois furent, dès la première heure, dans une infériorité qui ne laissa pas que de les faire réfléchir. Ils avaient cependant confiance en leurs palissades.

Or, tandis que les boulets roulaient, que les bombes éclataient au milieu du camp, sur la limite des lignes françaises un mouvement se dessine et une colonne s'élance contournant le canal.

Les Anglais attaquent en même temps ; en face d'eux, les Chinois n'ont qu'un simulacre d'armée et une artillerie puissante qui ne cesse de tirer. Mais sur les flancs, ils sont assaillis par des forces nombreuses, et la rapidité avec laquelle nos soldats s'élancent par-dessus les palissades leur donne à peine le temps de se reconnaître. Ils résistent par groupes, incertains de ce qui se passe sur un autre point : les clameurs du combat montent jusqu'à eux. Déjà ils sont délogés des premiers postes : les Européens couronnent les retranchements. Les Tartares se ruent comme une trombe pour reprendre leurs positions ; ils se heurtent contre une ténacité à toute épreuve. Enfin, de guerre lasse, ils prennent la fuite, se voient cernés, tourbillonnent sur eux-mêmes, subissent des pertes immenses et sortent du camp qu'ils n'ont pas su défendre.

Quinze jours plus tard, les alliés campaient à quelque distance de Pékin ; ils s'emparaient du palais d'été de l'empereur et pillaient les riches trésors qu'ils y trouvaient. Puis, il dressaient des batteries sur les hauteurs qui dominent la ville et préparaient tout pour un bombardement.

A cette époque, ils apprirent le malheureux sort des prisonniers que les Chinois avaient faits à Tong-Tcheou. Ces infortunés étaient dans un état affreux et avaient subi les plus horribles tortures.

Furieux, les Anglo-Français mirent le feu au palais d'été de l'empereur, et les lueurs de l'incendie, colorant le ciel, effrayèrent la population de la capitale chinoise.

L'empereur, qui jusqu'alors n'avait pensé qu'à la résistance, comprit qu'il allait commettre une irréparable folie et, la veille du jour où devait commencer le bombardement, il envoya au camp des alliés des plénipotentiaires chargés de conclure la paix.

Le 25 octobre, les Européens entrèrent solennellement dans Pékin, cette ville jusque-là fermée et inac-

Combat de Palikao.

cessible. Notre ambassadeur, le baron Gros, se fit précéder de trois drapeaux français, et le caractère guerrier et imposant de son cortège fit pour longtemps impression sur les Chinois.

Quelques jours après, le 1er novembre, les troupes alliées quittèrent Pékin et revinrent à Tien-Tsin, puis à Shang-Haï.

CHAPITRE IX

Pendant la guerre mexicaine

Ce fut une expédition fatale : l'empereur, en s'y engageant, ne fit que mettre la France au service de certains intérêts financiers et de certaines spéculations.

Il y avait peu à gagner à la guerre, car on pouvait diversement apprécier la fondation d'un empire au Mexique. Aussi, quand le côté aventureux de l'entreprise parut d'une façon évidente à tous les yeux, les Espagnols se retirèrent et les Anglais nous abandonnèrent à nos seules forces. Or, nous avions sur le théâtre des hostilités cinq mille hommes.

Il faut bien dire que cette poignée de braves se sentait à la hauteur de toutes les difficultés et qu'elle ne devait reculer que devant l'impossible.

Son chef, au début de la campagne de 1862, était le général de Lorencez qui, de suite, marcha en avant.

Maître de la ville d'Orizaba, il en fit son centre d'approvisionnement et mit son armée en marche.

Lá Cordillère se présentait comme un premier obstacle; il fallait en gravir les pentes, passer des défilés qui, probablement, étaient occupés par les Mexicains, et laisser le moins de monde possible dans ces combats de la première heure.

Ce fut le 28 avril que nos troupes, privées des secours anglais et espagnols, se trouvèrent pour la première fois en face de l'ennemi. Celui-ci occupait les défilés des Cumbrés par lesquels l'armée désirait déboucher sur les pentes occidentales de la Cordillère. Les Mexicains étaient retranchés dans une forte position et se croyaient invincibles. Ils avaient compté sans l'adresse de leurs adversaires.

L'artillerie engage le combat et, pendant ce temps, quelques bataillons, faisant un détour, cherchent à travers les rochers un sentier qui les conduise au-dessus de la tête de l'ennemi. Les bataillons se glissent en silence pour ne pas donner l'éveil.

On se tend la main, on se fait la courte échelle. Les moindres aspérités du roc servent de degrés et l'on y pose le pied pour s'élever plus haut. Enfin on arrive.

Déjà, le gros de l'armée se massait au pied des défilés; une colonne se lançait au pas de course; des tirailleurs la protégeaient par un feu bien dirigé. Les Mexicains, de leur côté, faisaient gronder quelques pièces de canon avec lesquelles ils visaient mal, et ils fusillaient d'en haut nos malheureux soldats.

Tout à coup, ils se voient eux-mêmes l'objet et le point de mire d'une autre fusillade qui part de dessus

Guerre du Mexique. — En vedette.

leurs têtes. Ils aperçoivent les Français grimpés sur des rochers, qu'on eût pu croire inaccessibles. Ils sentent combien est fausse leur position et, abandonnant les quelques canons qu'ils ont hissés jusque dans les gorges, ils se replient au moment où la première colonne française, lancée au pas de course, tombe sur eux pour achever de les mettre en fuite.

Nous étions maîtres des montagnes et libres de marcher contre Mexico. Cependant Juarez avait une armée nombreuse et ne devait pas permettre aux Français de s'avancer sans combat.

A Puebla, il se trouva sur la route avec des forces imposantes et l'appui d'une ville que dominaient deux forteresses, Guadalupe et San-Loretto.

De Lorencez avait trop peu de monde pour entreprendre un siège en règle. Le 5 mai, il ordonna l'assaut de Guadalupe. Mais il avait compté sans la formidable artillerie de la place. Nos soldats, toujours admirables d'entrain et de vaillance, s'avancent rapidement vers le fort; les boulets percent les colonnes et déciment les bataillons. Les rangs se serrent instinctivement, puis se serrent encore. Plus l'on approche, plus la course est précipitée. La colonne ressemble à un immense serpent qui se déroule.

Un orage survient, un de ces orages subits comme les régions tropicales sont habituées à en avoir. On n'y voit plus, la lutte devient impossible et Lorencez, trop affaibli pour poursuivre la campagne, se retire à Orizaba.

Il dut s'y défendre. Juarez vint l'attaquer jusque là.

Une nuit, deux compagnies sortent en silence de la

Types mexicains.

ville : elles ne se dirigent pas du côté où l'ennemi semble porter tous ses efforts. Mais, après une heure de marche, elles obliquent à droite et commencent à gravir des pentes très raides. La nuit est si sombre que les soldats ne distinguent pas ceux qui marchent à leurs côtés ; on n'ose cependant élever la voix, de peur qu'un mot ne donne l'éveil à l'ennemi. De temps à autre, un officier, debout dans l'ombre, donne un ordre à ceux qui passent devant lui. On marche ou plutôt l'on grimpe ainsi pendant deux heures. Les mains sont ensanglantées par les pointes des rochers, les genoux sont en lambeaux, mais on touche au sommet. Quelques lueurs indécises en avertissent les deux compagnies, car ces lueurs viennent de feux allumés par les Mexicains et qui s'éteignent.

Un moment on fait halte. Les deux compagnies se reconnaissent ou plutôt se tâtent ; puis un cri retentit, et les ennemis, surpris par cette brusque attaque, n'ont pas le temps de courir aux armes. Ils sont chassés l'épée dans les reins, délogés de ce rocher qui domine leurs positions et commande Orizaba ; les Français s'emparent de trois obusiers de montagne, d'un drapeau et font deux cents prisonniers.

C'était un succès, mais un succès trop peu important pour qu'il pût consoler de l'échec de Puebla.

En 1863, le général Forey, le vainqueur de Montebello, amena des renforts et prit la direction de la guerre.

Son premier soin fut de parcourir tout le pays et de le fouiller jusque dans ses replis les plus ignorés, afin de ne laisser en arrière aucun ennemi. Les colonnes, disposées en éventail et poussées dans différentes directions, se chargèrent de cette besogne.

Ensuite, à son tour, il vint mettre le siége devant Puebla. Instruit par l'expérience et l'insuccès du général de Lorencez, ce ne fut pas contre les forteresses de Guadalupe et de San-Loretto qu'il dirigea ses attaques. Ce côté de la ville était le plus difficile à prendre et, désireux de ménager le soldat, le général Forey ne pensa pas à donner l'assaut.

Etabli sur la route de San-Francisco, pour couper la retraite à la garnison, il couvrit de batteries les hauteurs qui dominaient la ville et ouvrit le feu. Les troupes qui défendaient Puebla avaient eu, depuis la première apparition des Français, le temps de multiplier les ouvrages de défense. Chaque quartier formait une véritable citadelle qu'il eût fallu attaquer séparément. Le général français ne voulut pas s'y risquer immédiatement.

Pendant deux mois, le canon gronda jour et nuit; les bombes allumèrent des incendies nombreux; la ville fut détruite en partie et la garnison considérablement affaiblie. Le feu de la place était non moins vif et ses effets furent parfois désastreux. Les Mexicains sentaient que c'en était fait d'eux, s'ils ne réussissaient à réduire nos batteries au silence. Quand ils comprirent que tous leurs efforts pour y arriver seraient infructueux, ils continuèrent à tirer, mais surtout ils eurent espoir en un assaut qu'ils comptaient bien repousser.

Le jour vint. Dès le matin, une grande animation régnait dans nos rangs. Le général avait fait cons-

truire des blockhaus montés sur des roues, véritables
citadelles mobiles, derrière lesquelles il serait possible
d'assiéger les maisons et les quartiers sans être trop
exposés au feu de l'ennemi.

La canonnade est plus vive que jamais. Des nuages
de fumée recouvrent la ville et les lignes françaises.
Derrière leurs bastions, les Mexicains inquiets se
demandent ce que signifie la vivacité du tir. Tout à
coup, à un signal donné, les colonnes d'attaque se forment et s'élancent. Quelques minutes s'écoulent, pendant lesquelles on ne voit que des tourbillons de poussière roulant vers la ville. Puis, des cris retentissent :
le drapeau tricolore flotte sur les remparts de Puebla.
Nos soldats n'ont pas tiré un coup de fusil; ils abordent l'ennemi à la baïonnette. L'acharnement est égal
des deux côtés. Guadalupe et San-Loretto font un feu
d'enfer et leurs projectiles frappent indifféremment
amis et ennemis. Enfin la place reste aux Français.
Les Mexicains se dispersent dans la ville, barricadent
les rues, se logent dans les maisons, tirent par les
fenêtres. C'est une lutte horrible.

Alors paraissent les blockhaus. Nos soldats se mettent à l'abri et, derrière leurs retranchements, répondent
au feu de l'ennemi. Cent assauts partiels sont tentés
contre ces forteresses roulantes qui avancent à travers
les rues, à mesure qu'un îlot de maisons est conquis. La
journée entière suffit à peine à cette bataille qui se composait de cent batailles simultanées.

Le soir, le sang coulait à flots dans les ruelles et
dans les places. Au seuil des portes, on voyait presque
partout des cadavres étendus et, jusque dans la mort,

les Mexicains gardaient un air de férocité dont on était effrayé.

On était au 17 mai. De Puebla, le général Forey marcha sur Mexico et y entra le 10 juillet. Le Mexique était vaincu : le sang français était vengé ; notre drapeau flottait victorieux. Juarez eût accepté toutes les conditions et donné toutes les satisfactions. La politique se mit en travers de toutes les dispositions pacifiques et les enraya.

Ce fut le temps où Maximilien se fit proclamer empereur. Pendant trois années, Bazaine, créé maréchal et placé à la tête de nos troupes, le soutint sur le trône ; pour cela le Mexique fut parcouru dans tous les sens et toujours menacé d'une répression.

Lorsque survinrent, en 1866, des complications européennes, les Français furent rappelés. Alors Juarez reparut, souleva le pays, et Maximilien, qui ne voulut pas partir avec les soldats de France, fut pris et fusillé. Triste fin d'une expédition où beaucoup de sang avait coulé et où l'héroïsme de nos armées avait seul soutenu l'honneur de notre drapeau !

Les mobiles.

CHAPITRE X

1870-1871

Ceci est de nos jours. Nous en avons recueilli les douloureux échos et nous nous souvenons du frémissement qui parcourait les foules lorsqu'arrivaient les nouvelles de l'armée. Là bas, on mourait; ici, l'on pleurait, et si l'honneur est resté sauf, cela seul nous restant n'a pas suffi à sécher nos larmes. Il y a du côté de l'est, derrière les frontières nouvelles, deux provinces qui tournent sans cesse vers la France leurs regards attristés. Si elles sont allemandes, ce n'est pas qu'elles aient reculé devant les sacrifices. Leurs fils sont encore dans notre armée et leurs fils, en 1870, donnèrent leur sang sans compter.

Qui n'a entendu parler des francs-tireurs? Ces soldats irréguliers, qui étaient partout, sans qu'on pût les surprendre nulle part, étaient la terreur des Allemands, desquels ils n'avaient pas à attendre de grâce. Un franc-tireur était pris. Son procès était vite fait. On l'adossait à un mur et on le fusillait. C'était quelquefois un père de famille, dont le patriotisme avait vibré trop fort pour qu'il restât à son foyer. Ces exécutions sommaires et brutales furent nombreuses, et si les Allemands ont pé-ché, ce n'est pas par clémence.

Mais des uhlans partaient trois ou quatre pour parcourir la campagne et aller aux renseignements. Ces cavaliers étaient, avec les espions, les éclaireurs ordinaires des troupes prussiennes. Ils se lançaient au trot de leurs chevaux, dans des sentiers bordés de haies. Puis, ils arrivaient dans des lieux boisés. Alors un coup de feu retentissait et un uhlan tombait. Les autres laissaient le mourant sur la route; ils s'enfonçaient dans les bois pour les battre et découvrir l'ennemi invisible. Soudain, un second coup de feu, et un second uhlan vidait les étriers. Ceux qui restaient fuyaient à toute bride et, comme ils ignoraient les petits chemins qui raccourcissent la distance, il n'était pas rare qu'ils fussent de nouveau attaqués en détail une fois, deux fois, aussi souvent qu'il y avait d'hommes. Or, pour accomplir cette besogne, un franc-tireur suffisait.

Cette lutte, répandue sur tous les points du territoire où se trouvait une armée ennemie, n'était malheureusement pas assez grande pour pouvoir influer efficacement sur les événements.

Lorsque, le 15 juillet 1870, la rupture des négociations diplomatiques avec la Prusse fut notifiée à la Chambre, des applaudissements retentirent, et M. Thiers dit : « Vous n'êtes pas prêts. »

Attaque d'une ferme par les Prussiens.

L'armée prussienne était organisée sur un pied formidable. Deux hommes, de Moltke et Bismark avaient
depuis longtemps préparé la guerre. La mobilisation
allait être rapide de l'autre côté du Rhin et elle met-
trait sur pied quatre cent mille hommes en dix jours.

Deux cent vingt mille Français, divisés en sept corps,
furent disséminés sur l'angle que forme notre frontière
nord-est; mais les corps étaient à peine reliés entre
eux, les approvisionnements étaient insuffisants; Metz
et Strasbourg n'étaient ni armés, ni fournis de vivres.
On criait: « A Berlin! » on pensait à envahir le Palatinat:
il fallut, dès le premier jour, défendre la frontière.

Le général Abel Douay a sur les bords de la Lauter
une division isolée. Ces troupes ne s'attendent pas à
être attaquées. Or, quarante mille Prussiens surviennent.
Le général ne veut pas se retirer et laisser l'ennemi
pénétrer en France. Il se prépare à une lutte dispropor-
tionnée. Le canon tonne. Les Allemands garnissent la
campagne, s'étendent, débordent notre ligne de bataille;
il faut leur faire face à droite, à gauche et de front. Le
courage ne fait pas défaut.

Sous une pluie de fer, nos régiments se heurtent aux
colonnes ennemies; on combat pendant cinq heures, et
ce furent des heures terribles. La petite division, sans
grand espoir de remporter une victoire impossible, refuse
de lâcher pied; le général se multiplie et lui-même mène
les bataillons au feu.

Ceux-ci sont décimés; ce ne sont plus que des sque-
lettes : l'artillerie allemande, dirigée avec une étonnante
précision, a fait dans leurs rangs de larges trouées.

Il faut battre en retraite et se replier en bon ordre :

le général prépare tout : déjà le mouvement se dessine; c'est alors que les Allemands se précipitent avec fureur, soutenus par leur artillerie dont le feu redouble d'intensité. Abel Douay tombe frappé mortellement. La poursuite de l'ennemi devient plus pressante et nos troupes se dispersent avec des pertes considérables.

Ce n'est que le premier acte de la grande tragédie.

Mac-Mahon vient d'engager une bataille à Fræschwiller : sa droite est à Elssashausen et sa gauche à Reichsoffen : il n'a pas plus de quarante mille hommes; mais il compte sur le cinquième corps commandé par de Failly et il ne croit pas avoir en face de lui des forces supérieures aux siennes.

Le prince royal de Prusse attaque par petits détachements et on le repousse avec énergie pendant plusieurs heures. A midi, rien ne fait encore pressentir ce que doivent être les heures qui suivront et l'on peut encore espérer un succès. Mais de Failly tarde bien à arriver. D'autre part, les Prussiens reçoivent, d'instant en instant, de nouveaux secours, et leurs bataillons se grossissent de troupes fraîches, contre lesquelles il faut incessamment renouveler le combat. Ils ont quatre cents canons et sont cent vingt mille.

On ne réussit pas à leur disputer Wœrth, qu'ils emportent et d'où ils se disposent à nous tourner. Notre aile gauche est rompue, notre droite est débordée. Pendant une heure encore, Mac-Mahon fait des efforts surhumains pour briser le cercle qui se resserre autour de lui. Mais il y aurait folie à poursuivre une lutte ausi inégale.

Alors commence la retraite. Nos troupes sont en

désordre; on recule lentement et, pendant ce temps, les canons prussiens avancent au galop de leurs équipages, s'arrêtent sur les hauteurs, d'où l'on peut foudroyer les bandes éparses qui encombrent les routes. Le canon tonne plus près; il est suivi bientôt par la cavalerie allemande qui va changer la retraite en déroute : les traîneurs, et il y en a peu, sont faits prisonniers. Nos soldats font halte quelquefois et accueillent leurs vainqueurs par une vive fusillade; rien n'y fait et le malheureux corps risque de ne laisser que des débris de lui-même.

C'est l'heure où le maréchal, désespéré, n'entrevoit plus qu'une chance incertaine de salut. Pour dégager l'armée entière, il va sacrifier sa magnifique brigade de cuirassiers.

Mac-Mahon passe devant eux : il donne un ordre. C'est là-haut qu'il faut aller et il faut tout balayer sur sa route. Les officiers se regardent : on leur ordonne d'aller à la mort. Mais, en de semblables moments, tout disparaît pour ne laisser subsister que le sentiment d'un devoir sublime à accomplir.

Les cuirassiers se lancent, et la terre, frappée par le galop de leurs chevaux, résonne d'un bruit sourd et régulier. Les tirailleurs allemands harcèlent la lourde colonne, qui passe sans avoir presque souffert. Les champs sont coupés de haies, des vergers se rencontrent : tous ces obstacles sont à peine aperçus. On court à des batteries formidables.

Mais des volées de boulets viennent s'abattre sur les cuirassiers : ils tombent, leurs rangs se serrent; ils vont toucher les canons; le feu de l'ennemi est plus

Les cuirassiers à Reichsoffen.

acharné. Enfin, l'on est sur la batterie, les sabres se teignent de sang. Puis, quand la sinistre besogne est terminée, la brigade décimée revient sur ses pas : elle va fournir une nouvelle charge.

De nouveau les canons la prennent en écharpe ; de nouveau les cuirassiers tombent et meurent, stoïques, mais impuissants contre cet ennemi qui les écrase de loin.

Il en resta peu ; ainsi autrefois, à Waterloo, quelques sublimes escadrons se dévouèrent pour le salut d'une autre armée française impitoyablement poursuivie. Honneur à ceux qui dorment sous le champ de bataille !

Quelques temps après, à Saint-Privat et à Gravelotte, trois armées allemandes venaient attaquer les hauteurs où s'était établie l'armée de Bazaine. Dans l'intention de nous rejeter dans Metz et de nous y envelopper, les Prussiens ne regardèrent pas aux hommes et acceptèrent un combat terrible qui eût pu ne pas tourner à leur avantage. Ils étaient trois contre un ; mais les Français avaient, cette fois, choisi d'excellentes positions.

Toute la journée, la lutte nous fut favorable. Les colonnes allemandes se heurtèrent à une résistance intrépide. Canrobert avait dix-huit mille hommes sous ses ordres ; appuyé par le 4e corps, que commandait Ladmirault, il fit preuve de la plus indomptable énergie. S'il eût été soutenu, le plateau fût resté en notre pouvoir.

Mais, tandis que la plus parfaite unité dirigeait tous les mouvements de l'armée prussienne, il y eut toujours,

dans les opérations qui signalèrent cette guerre, une
indécision, cause des plus grands malheurs.

Canrobert, qui réclamait des renforts et qui avait
devant lui des forces quatre fois supérieures, fut laissé
à lui seul. Les Allemands portaient, de ce côté, qui
était le plus faible de notre ligne, des réserves
énormes. Leurs pertes furent horribles pendant qu'ils

Les vaincus.

gravissaient les pentes presque inaccessibles de Gravelotte.

Le soir, ils n'avaient percé que sur un seul point.
Canrobert, rompu, s'était replié. Tous nos autres corps
couchèrent sur le champ de bataille. On se demande
pourquoi, le lendemain, la lutte ne fut pas reprise. Tout
valait mieux que l'enveloppement dans une ville, où

une armée de cent mille hommes, serait réduite à se voir décimée sans gloire.

Les chefs de corps reçurent l'ordre de se replier ; les Prussiens purent compléter le demi-cercle qu'ils avaient esquissé et, une fois renfermé dans Metz, Bazaine devait y être entouré par des lignes de circonvallation et pressé par la famine.

Les Français avaient perdu vingt-cinq mille hommes, les Allemands cinquante-quatre mille.

« Nous n'hésitons pas à croire, écrivit le correspondant du *Times*, qu'à Gravelotte, les assaillants souffrirent dans la proportion de trois contre un, en comparaison des défenseurs. C'est assez pour attester l'énergie de la résistance française. »

Cent mille hommes étaient enfermés par un cercle d'ennemis aux environs de Sedan. Nul peut-être ne fut responsable de la faute qui poussa une vaillante armée dans la gorge d'un entonnoir bordé de hauteurs.

Mac-Mahon, qui pressent ce qu'il y aura de désastreux dans une situation si désavantageuse, défend le terrain pied à pied. Le bourg de Bazeilles est le théâtre d'une lutte acharnée. Le moindre repli de terrain est pris et repris plusieurs fois; la plus petite haie masque une compagnie ; on se lance, on se fusille à bout portant; on s'engage à fond dans l'espérance de rompre enfin les lignes prussiennes; mais il faut reculer devant des masses ; la division d'infanterie de marine tient, pendant quelques heures, avec un courage surhumain; mais ce qui décourage tous les efforts, c'est le nombre des ennemis et surtout le feu meurtrier d'une artillerie contre laquelle on ne peut rien. Ce sont les canons prussiens qui remportent la victoire.

Au nord de Sedan, au calvaire d'Illy, au bois de la Garenne, dans le fond de Givanne, mêmes tentatives et mêmes insuccès.

Wimpffen veut percer du côté de Carignan, car il pense que c'est le côté le moins garni. La bataille s'engage ; on se trouve en face de toute une armée. Les bataillons prussiens font un feu nourri qui arrête l'élan de nos troupes. La cavalerie charge et se lance en désespérée ; le général Margueritte tombe blessé mortellement. Gallifet le remplace et ramène les escadrons à l'ennemi. Les escadrons repoussés retournent en arrière. Gallifet les reforme et de nouveau les précipite en avant. Les premiers rangs des Allemands sont renversés ; une large trouée marque le passage de nos cavaliers ; mais les lignes ennemies sont profondes et la cavalerie française est exposée au feu de tous côtés, de front, sur sa droite, sur sa gauche. La position n'est plus tenable.

Du haut des collines du Frénois, Guillaume assistait à ce spectacle et il s'écriait, dans un instinctif sentiment d'admiration :

— Oh ! les braves gens ! les braves gens !

Rien en effet ne pouvait, mieux que cette exclamation, dépeindre l'héroïque lutte que soutenaient Gallifet et ses escadrons. Si la bravoure est toujours admirable, elle l'est plus encore quand elle se sent poursuivie par le malheur.

Paris ! Les armées prussiennes arrivaient sous les forts et s'emparaient du plateau de Châtillon. La présence de l'ennemi surexcitait la grande ville : les hommes s'enrôlaient dans la garde nationale ; les femmes se préparaient à soigner les malades ; les rues retentissaient de cris et, quand passait un détachement de soldats, on l'acclamait. Le sentiment patriotique vibre plus fort en des circonstances comme celles où l'on se trouvait.

La marine a la garde des forts et elle va défier toutes les attaques ; mille canons garnissent les remparts et seront servis par la garde nationale, avec un zèle et un dévouement au-dessus de tout éloge. Le général Trochu a sous la main cent mille mobiles et soixante mille soldats. Mais il compte surtout sur la province qui se soulève et où s'organise l'armée de la Loire. Des régiments venus d'Afrique, des bataillons laissés dans les dépôts, des mobiles forment quatre-vingt mille hommes et rencontrent les Bavarois à Coulmiers.

« C'était beau comme une manœuvre », disait-on le lendemain. En effet, d'Aurelles de Paladines tient son armée dans un ordre admirable. Les Bavarois perdent cinq mille hommes et, si notre cavalerie ne se fût pas égarée, le corps entier de Von der Thann eût pu être anéanti.

Au même temps, Châteaudun voit paraître les Prussiens. La ville n'a pas de murailles et rien ne semble pouvoir la défendre contre l'ennemi. Mais les habitants sont patriotes ; ils ont des francs-tireurs parmi eux. Les Allemands se heurtent à une opiniâtre résistance ; l'accès de la ville leur est vivement interdit. Même quand, enfin, ils ont triomphé des obstacles amoncelés devant eux, il leur faut prendre une à une les rues bar-

Le général Ducrot.

ricadées. Châteaudun est à moitié ruinée par le bombardement.

Autour de Paris, on s'était battu au-delà de Joinville, sous la protection des forts et des batteries du plateau d'Avron. Le général Ducrot s'était emparé du Petit-Brie, de Champigny, et s'était avancé jusqu'à Villiers. Le 2 décembre au soir, nous prenions l'offensive et nos soldats couchaient sur le champ de bataille par un froid intense. Le 3 décembre, l'armée était ramenée sous le canon des forts. On s'étonnait que le gouverneur de Paris n'entreprît rien de sérieux; la capitale fabriquait des canons et des munitions; elle formait de jeunes bataillons de garde nationale qui n'eussent pas mieux demandé que de marcher aux côtés des soldats de ligne; une agitation fébrile présidait à tous ces préparatifs belliqueux; le dévouement patriotique de Paris était à la hauteur de toutes les exigences.

L'artillerie des forts tonna continuellement. Dans la ville, on commença à manquer de pain; mais l'immense population souffrit sans se plaindre et s'ingénia pour trouver des moyens de subsistance. Les Parisiens acceptèrent avec entrain et gaieté les privations qu'ils devaient s'imposer. Pendant ce temps, ils ajoutaient toujours des défenses à leurs fortifications et fabriquaient des canons par centaines. Le pain et la viande étaient chers; on mangea jusqu'aux chevaux.

Le 6 janvier, le bombardement commença, dans les quartiers de la rive gauche, mais sans faire beaucoup de mal, à cause de la distance; puis il devint plus désastreux. Le 28 janvier, le gouvernement de la

Défense de Châteaudun.

Défense nationale, capitula. Le 15 février, le colonel Denfer recevait l'ordre de quitter Belfort qu'il avait vaillamment défendue et il sortit avec les honneurs de la guerre, après avoir brûlé ses drapeaux.

Le 10 mai, le traité de Francfort nous enlevait d'Alsace et la Lorraine.

CHAPITRE XI

De nos jours

Nous avons encore une armée, et son drapeau, attristé il y a vingt-huit ans, flotte, encore et toujours, joyeux et fier.

C'est que les défaites peuvent être un enseignement pour la France : elles n'engendrent pas le découragement. Semblable à ce roi français qui, au jour d'un revers, écrivait à sa mère : « Tout est perdu, fors l'honneur », nous nous sommes dit : « L'honneur reste et notre pays a assez de vitalité, nos soldats assez de courage, pour ne plus se souvenir des malheurs qu'au jour où ils devront être réparés. »

Pendant la période de vingt-huit ans qui s'est écoulée depuis le traité de Francfort, notre drapeau a plané sur des batailles ; il a abrité de l'héroïsme encore.

Au Tonkin, les enfants de la France sont allés affirmer les droits de leur patrie. Placés en face d'ennemis souvent insaisissables, exposés à toutes les rigueurs du climat, contrariés par une malveillance occulte qui fournissait des ressources contre nous, ils se sont trouvés quelquefois un contre cent. Dans cette guerre contre des adversaires qui guerroyaient à la manière des Peaux-rouges, il fallait user de tous les artifices, se glisser comme des serpents ou comme des ombres, dresser des palissades de bambous, s'abriter derrière un buisson et toujours avoir l'oreille aux écoutes. Nos conscrits ont fait cela.

Au Dahomey, un roi belliqueux ruine secrètement notre influence et entrave notre commerce. On le rencontre et on lutte contre lui : nos soldats sont sous un ciel de feu ; mais, depuis longtemps, ils ont l'habitude de ne rien craindre. Plusieurs combats, qui sont des défaites pour Behanzin, ne lui enlèvent pas les moyens de faire la guerre. Il échappe et reparaît en véritable enfant du désert. Enfin c'est une véritable chasse qu'organise le général Dodds, et Behanzin, traqué de de tous côtés, tombe entre nos mains.

A Madagascar, il faut venger nos droits séculaires que des intrigues sourdes tendent à nier. Des combats, des escarmouches, des surprises, la fièvre, il y a de tout dans cette guerre. Un caporal et quatre soldats résistent à des centaines de Hovas. Pour aller de Majunga à Tananarive, il faut percer des routes et se battre en même temps.

Le général Duchesne se met à la tête d'une petite colonne volante. Ses soldats épuisés arrivent en vue de la capitale ennemie : ils ne sont qu'une poignée, mais nos canons font merveille et la reine effrayée fait demander la paix.

Parlerons-nous de Fashoda ? Nous ne voulons pas terminer ce livre sous une mauvaise impression, et il suffit que ne flotte plus, là-bas, le drapeau tricolore qu'y avait planté l'héroïque commandant Marchand, pour que nous nous enfermions dans le silence.

Nous aimons mieux suivre du regard un régiment qui s'avance. La musique militaire fait entendre ses plus fiers accents ; et comme ils ont l'air braves, nos soldats ! Vienne l'heure où ils auront à se montrer, et nous les verrons, l'œil aussi calme, mais plus intrépide encore, défendre leur drapeau avec autant d'amour qu'ils l'entourent maintenant. Si nos trois couleurs leur jettent aujourd'hui au cœur un enthousiasme joyeux, ces mêmes couleurs soulèveront en eux sur le champ de bataille des flots d'héroïsme, et, s'il le faut, ils tomberont contents, ensevelis dans les plis glorieux de ce drapeau qui est l'emblème et la personnification de la Patrie.

TABLE DES MATIÈRES

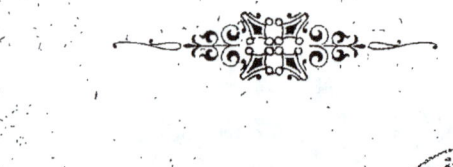

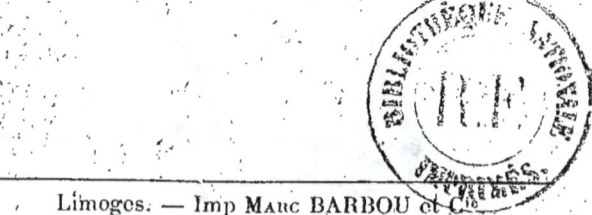

Limoges. — Imp Marc BARBOU et Cⁱᵉ

www.ingramcontent.com/pod-product-compliance
Lightning Source LLC
Chambersburg PA
CBHW071229260626
47162CB00004B/1483